妒忌私家偵探社

Miss Doe Detective Agency

since 2010

妒忌私家偵探社

Miss Doe Detective Agency

since

2010

妒忌私家偵探社

Miss Doe Detective Agency

since

2010

妒忌私家偵探社

Miss Doe Detective Agency

since
2010

catch

catch your eyes ; catch your heart ; catch your mind……

catch 209
女神

作者：張妙如
責任編輯：鍾宜君
校對：呂佳眞
封面設計：楊啓巽
封面照片：Greenspan Associates
法律顧問：全理法律事務所董安丹律師
出版者：大塊文化出版股份有限公司
台北市 10550 南京東路四段 25 號 11 樓
www.locuspublishing.com
讀者服務專線：0800-006689
TEL：(02) 87123898　FAX：(02) 87123897
郵撥帳號：18955675　　戶名：大塊文化出版股份有限公司

總經銷：大和書報圖書股份有限公司
地址：新北市新莊區五工五路 2 號
TEL：(02) 89902588 (代表號)　FAX：(02) 22901658
製版：瑞豐實業股份有限公司
初版一刷：2014 年 10 月
定價：新台幣 250 元

Printed in Taiwan

妒忌私家偵探社

女神

張妙如 著

1・女神

杜紀撫著火燙的左頰坐在地上，她離了體的魂片們也在一旁碎落滿地，她不敢置信發生了什麼事。

「起來，妳這個賤女人！少在那裡給我裝可……」發話者是一名火辣正妹，但她話都還沒說完，就失衡地往右邊的路樹撞去，同時間還扭了右腳踝、折斷了一支外雙C的鞋跟。

因爲坐在地上的杜紀速速招回了七魂八魄後，用力地踹了正妹一腳。

趁著一個流暢快速起身，杜紀緊接著用自己極細的無半

C高跟鞋跟，往尼歐的腳背上插了下去。

「自己的屁股自己擦！下次有事要找本宮的話，燙了戒疤再來求見！」

尼歐痛得跳腳，正妹見狀立刻回神，向前扶住金雞狂跳中的尼歐，「寶貝～寶貝！你有沒有怎樣？要不要叫救護車!?……」她急問著。

這對患難愛侶，就在這兩人三腳的感人影像中，漸漸被淡遠。杜紀撫著左臉頰，奔向自己的小綿羊。

今天眞是個大凶日，一早就遇到蕭婆，還被呼了一巴掌！想也知道，那人一定是尼歐的後宮嬪妃之一，誤以爲她杜紀是尼歐新納的秀女。

呸！我是當人家小妾的料嗎？這些嬪妃們那麼閒，怎麼不去採幾斤露珠爲皇上燉補品!?杜紀肚爛地跨上小綿羊，發了車，才準備要走，後座猛然一沉，尼歐不知從哪裡跳了上來。

「姑姑，什麼都先別說，救命要緊！快！走！」尼歐出現在後座抖著杜紀的腰間肉，急催著。

杜紀翻了個白眼，從鼻孔裡噴出兩條火龍雲，火到想棄車而去，但，才一回頭，就看見正妹杵著外雙C之長短腳，一跛一跛地從後方競走而來。

她，長髮噴亂，目光凶得連長城外都看得到，手刀上搭掛著LV的櫻花包，樣子說有多嚇人就有多嚇人，杜紀的求生直覺告訴她，催—油—門—。

沒想到，她那柔弱氣虛的小綿羊咩了一聲，竟不比半殘外雙C的時速高多少。

「你給我下去！我的羊跑不動了！」杜紀試圖排擠後座的尼歐。

「五千！我給妳五千！如果姑姑今天能救我！」尼歐也失魂驚聲地亂叫著，完全忘記五千元足以叫小黃飆到遠方的九族文化村。

「五千？」杜紀的眼睛亮到彷彿被開了光，氣喘得也漸漸如噴祥雲，「五千元的話，老娘下去和她肉搏戰都可以。」她整個人勇猛沉穩了起來，從容跨下綿羊坐騎，開始在一旁暖身。

轉眼間，失控的正妹已經來到眼前，她揮手再來一掌，同時叫嚷著：「妳這不要臉的小三……」

杜紀右手空中攔截了對方直下的手腕，毫不猶豫地向外扭轉了去，另一隻左手則伸出來，罩住對方的天靈蓋，嘴上開始念念有辭，不過，任誰都聽不懂她在念啥。

「妳幹嘛？妳這是在幹嘛!?」正妹驚恐地喊著，努力甩頭四方逃竄，試圖脫出杜紀的左掌風。

尼歐在一旁都看傻了，這算哪招啊？

「我已經對妳施了法，妳若還想活命的話，就立刻搭高鐵南下去大甲鎮瀾宮求個金牌來見我，要不然就只好請妳聯絡第二代苦瓜兄，準備辦後事。」

「妳……妳騙人……」正妹儘管滿臉不信，殺氣倒是瞬間溢到零。

杜紀見狀，姿態優雅地從皮包裡拿出自己的名片——「人生命相館」的版本，送到正妹眼前。

「本居士通靈的本領舉國皆知，連電視台都爭相找我上節目，呵呵，若不是我喜歡低調的生活，電視上哪有寶傑這些人發展飛碟的餘地呀！」

「是眞的啊！亞亞！我就是中了她的法術才會身不由己，

不然我怎麼會心神不定不專!?」尼歐趁勢補充說明，眼角幾乎含著淚光，連聲音都帶著K歌有練過的抖顫波，「妳如果眞心愛我，就順便在鎭瀾宮也幫我求一塊金牌！讓我和這魔女從此兩不相欠……」

杜紀狠狠地瞪了尼歐一眼，這爛貨根本是打蛇隨棍上！不但要自己救他眼前這關，竟還想爲他的日後奠定良好的基礎？看來五千元他也不打算浪費一毛。

「寶貝……你說的都是眞的嗎？」正妹看了看杜紀的名片，再看了一眼尼歐，果然心軟了，連頭髮看起來都恢復了整齊柔順不毛糙，看到的人都會說她是用過了飛柔。

「女神！我要是騙妳不如去當詐騙集團，還有錢賺啊。」尼歐水母般Q軟地說。

杜紀翻了個大白眼，若不是看在五千加上兩面有可能到手的金牌，她大概早就義薄雲天地上前撕爛尼歐的假羊皮。

但亞亞光是聽到女神兩字就魂都酥了，愛情果然沒有界限，失智程度輕易便能破錶，「寶貝那你等我！我立刻就去訂高鐵車票！」

「快喔，事不宜遲！兩天後抱著金牌來見我。」杜紀不耐煩地催著。

正妹給了尼歐深情的一眼，然後狠心轉身招了輛小黃，很快地消失在台北的車流中。

「拿來。」杜紀一刻寶貴時光都不浪費，馬上伸手要錢。

「唉，朋友之間談錢多俗氣！……」

「我可沒有非人界的朋友！我今天才知道你根本不是人！」尼歐話都還沒說完就被杜紀打斷。

「喔？妳自己對人下咒就很可圈可點嗎？還要騙她一個弱

女子去求金牌！妳就很慈濟來著？就算是要她繳公德會費，也用不著誆她去跪兩天吧？」

「你想怎樣？過河拆橋？今天如果不是你發神經把我約出來說有事要談，我會平白無故被呼一巴掌？而且對方還是你沒處理好的孽緣，而不是人生陌路上看我不爽的瘋子！」

「有事要談！」尼歐猛然擊了個掌，「我差點忘了，我確實是有事找妳。」

「哪，先不要忙著演下集，上集五千元酬勞請先了結，謝謝。」杜紀再次遞出請款單。

沒想到這次尼歐倒是付得爽快，從皮夾裡抽出五千大洋，交到杜紀手上。

「什麼事這麼嚴重啊？」杜紀一邊數錢，一邊狐疑地嗅著這不尋常的氣息。

「把妳的羊泊好，找個地方談吧。」尼歐說。

◎　◎

「和．你．去．住．溫泉—叭—貼—嚕—!?你今天是哪裡有病啊!?——」杜紀忍不住大叫出來，接著又轉重低音說：「聽著，我知道你對我還暗藏邪念，但，你很花的啊，而我也有個世界頂級的男朋友了，我是不可能接受這種有害善良風俗的邀約的。」

「不是妳想的那樣啦！我……」尼歐突然臉紅起來，看得出來他爲了某種原因相當認眞。「我最近在臉書上遇到了初戀舊情人……雖然她……已經結婚了……

「可是每個男人心中都有一個永遠忘不掉的女神，我這位初戀情人的地位就是那樣的等級，不論她結婚與否，就算是生了十個，她在我心中的那個初始美好形象，也永難磨滅……」

尼歐停頓了下來，但杜紀決定不插話，讓他自己把故事說完，免得這個八卦失去了官方完整度。

「說起來臉書眞是個，怎麼說？紀念冊？私人同學會？時光機？不僅僅是我的女神聯絡上我，女神的老公，也早已聯絡上他自己的舊情人……」

本日第三度地，杜紀又翻了白眼，再也忍不住地接著說：「老公背叛老婆，所以老婆也以同樣手法報復？你現在想改姓王了？不要吧——」

尼歐突然整個沉默不語，雖然杜紀覺得這人的感情眞是氾濫到胡佛水壩都攔不住，不過也多少有點同情起來，畢竟，這是她第一次看到尼歐如此正經。

「難道是 The apple of your eye?」杜紀嘆道。

尼歐點了頭，「我這輩子唯一想娶的女人。」

「那你還約我一起去溫泉旅館？你那是什麼騙肖爺的多方支援系統啊！」爲了緩和太過嚴肅的氣氛，也爲了讓尼歐繼續把故事講下去，杜紀只好這麼提醒他。

「因爲她老公居然在此時邀她去某間溫泉會館度假，我覺得不太尋常，所以也想在同時間入住該會館。我需要一個女助手，一方面妳是女生比較方便出入女浴池；二方面，妳是偵探兼算命的，不管怎麼樣，妳總是觀察力較強；三方面妳也夠強悍，眞有什麼事發生，妳或許能幫我保護她……」

「怎麼聽起來，你好像堅決料定此事必有陰謀？搞不好人家老公是想回頭了，爲了修補夫妻關係，才安排了這趟增溫回春之旅！」

「因爲我查到那個老公的舊情人也會去！雖然我不確定是男方安排的，還是這小三自己不甘心，硬要偷跟而去，不論是哪種狀況，她都不是個吉祥物嘛！」尼歐說。

「五湖四海皆兄弟，山水不愧有相逢。老公的舊愛，老婆的舊愛，全部都要去，全部都歡聚一堂？這家溫泉館的風水還眞是讚，泡了還可能包生子吧！你女神知道小三也會去嗎？」

「她不知道，是我自己查出來的，我沒告訴她，而且我也沒讓她知道我會去。」

「這算是私人保鑣的工作了吧？你打算用多少錢雇用我？」杜紀問。

「妳說多少就多少，不過，因爲會館房間已經被陸客團訂滿，我好不容易才搶到一間，所以妳得和我同房，我也希望如此，這樣我才能掌控最即時的消息。我不會對妳怎樣的，妳大可放心。」

「大情聖，有了apple，我當然相信其他物種在你眼中自然都是爛蕉！哇～事實上你今天還眞讓我刮目相看，沒想到你這種禽獸也有眞愛難捨的一刻，眞是無價啊、無價啊！」但杜紀已在心中開起了估價單。

「喔對了，除了保護你眞命女神的安危，我需要監督她老公和小三的動靜嗎？」加量自是要加價，杜紀盤算著。

「那部分我自己來就可以了，妳只要專心看顧好小青就行了。」

杜紀欲再開口宣導自己的全功效時，卻見尼歐已經人在心不在地看著遠方。

算了，她想，這時候就算童叟無欺，對方也不見得會注意到自己這般的美德吧？所以，何必呢？空白支票是要塡多少，她就毋須矯情了。

畢竟稍早她可是受到了極不人道的公然污辱呢，她撫了撫右頰。咦？是右邊嗎？管它的！這條帳是一定要記的，就算她復元能力可比生化人。

◎　◎

杜紀原以爲溫泉會館大概在北投，也以爲這趟行程只需三兩天左右，結果沒想到這溫泉會館是在北海岸上，而且這是個爲期一週的假期。

但最讓她訝異的，莫過於溫右青——小青——尼歐的眞命女神的長相了，原來她竟然長得頗像自己，又或是說，自己長得頗像溫右青。

難怪！難怪尼歐當初會來和自己搭訕勾勾纏，這原由她現在總算明白了。

溫右青的先生鄭皓平，則完全不是尼歐這種類型，如果將尼歐比作是匹難馴的野馬的話，鄭皓平則像隻山羊，溫文但感覺可靠，一步一腳印的穩健。

至於說鄭皓平的舊情人——吳式娟——光看外貌就有女強人的氣勢，她也並非自己一個人獨來，而是帶著一位看起來像助理的年輕女孩。

還有另一個驚爆點——亞亞。那個正妹居然從鎮瀾宮平安歸來，而且立刻神通廣大地加入了團隊。這簡直就是個夢幻般的陣容。

「寶貝～當然是我倆同一房的啊～你看看我帶了什麼回來了！」亞亞從愛馬仕的粉紅柏金包裡拿出兩塊金牌。

杜紀瞪大雙眼，立刻上前搶了過來。

這金牌根本不是出自鎮瀾宮，但杜紀張嘴把金牌咬了咬，確定爲純金後就不予計較了，「沒問題，沒問題——貨到放人乃江湖道義——」

這金牌八成是正妹自己去銀樓打的吧？但她顯然去過了鎮瀾宮，而且還眞的跪了兩天，看她膝蓋都還有些紅腫，這誠心不可謂不動天，杜紀想。

「不——行——！我……」尼歐倒是喊了起來，並偷偷給杜紀使了個眼色，「加五千！」他用唇語暗說。

「咳，咳，不過呢，化解咒語還需十天淨身工夫，爲了確保你們不會輕易破戒，暫時，你們還是不要同處一室比較好。」仙姑接單後趕緊開示了，「一旦破了戒，那不僅是完全地無力回天，連你倆的緣分都會灰飛煙滅。」

「這妳放心！姑姑，我不可能拿我自己和寶貝的幸福來開玩笑！就算是同居一室，我也絕對會遵守淨身的戒律！」亞亞熱切地說。

這兩天來，亞亞不可謂沒成長，在長跪的時數裡，回想起前塵往事的細節，她幾乎愈來愈確信尼歐並沒有背叛她——有誰會稱呼自己喜歡的女生為「姑姑」呢？而且尼歐可是當著這位姑姑的面前喚自己為女神啊！姑姑是什麼？這女人自稱有通靈法術，那她不是仙姑是什麼！亞亞覺悟地在媽祖面前，懺悔著自己的多疑，所以經過兩天的長跪，她開始相信杜紀是個不重要的閒雜人等。

「亞亞，我不是不相信妳，但是這個男的！——」杜紀飆出二指對準尼歐，「他會忍不住的啊！妳看看妳，妳是他的女神啊——妳這麼鮮，如此萌，男人又總是蠢到甘願為心中女神付出一切，我是不相信他對妳的貪、嗔、癡啊！」

「姑姑說得沒錯！亞亞，我會忍不住啊——妳漂亮又迷人，難道妳一點自覺也無？」尼歐用力閉上雙眼，把說這番謊話的痛苦裝成是割捨之痛。

亞亞整個心都碎了，「寶貝……我不知道，我不知道原來你眞的……十天很快就過了！你忍著！爲了我們好，你一定要忍住，我會自己住，會照顧好我自己，你不要擔心！」亞亞瞬間從苦海中的被勸者，轉成濟世的勸善者，連她自己都沒意識到這種潛移默化的生物升級，她的內心已然滿滿都是愛，無私的愛。

不是說，飯店都早被訂滿？這女人哪來的本事迎頭趕上搶攻進來？杜紀納悶著，看著亞亞總是一身名牌配備，看著自己手上這對亞施主所貢獻的非鎭瀾宮金牌，她懷疑亞亞或許是哪家有權勢的上流千金？雖然這不重要。但，此女爲何沒追問尼歐和她來這溫泉度假會館的原因？這不是挺可疑的？

「我們可以吻別嗎？」

杜紀回魂後才聽見亞亞的發問，感覺上這句話似乎已在她耳旁迴旋了無數次。

「只能在大庭廣眾之前，光光明明地吻，私下無人情慾會擴展，絕對是不可以的。」杜紀決定給尼歐一點小小的教訓。

亞亞吻得天崩地裂，而尼歐那個爛人倒也沒有不享受。他都不怕被他的正牌女神不小心撞見嗎？杜紀眞是不解。

◎　◎

還好這飯店的房間是兩張單人床併在一起的格局，杜紀命令尼歐將床分開，重新規劃了房內擺設。

「眞的得分開？妳知道的，我也是可以賣肉抵債的喔，而且不論難度、使命必達。」尼歐似乎恢復了往常的風流倜儻，淘氣中帶著俏皮。

「你眞的當我眼睛瞎去了啊？你那粒蘋果，若說我和她是姊妹的話，也沒有人會懷疑的！所以和你交配是你得以重溫舊夢耶，是你該加錢給我吧？哪裡還有抵債之功？還有，我雖不是個女神，但也不至於淪落成神女好不好！」

「說到這，喂，妳以前騙我說妳有個姊姊還是妹妹的，我當時還眞懷疑過妳是不是和小青有關係！」尼歐嘆了一口氣，「不過我很快就發現妳根本是在呼嚨我，妳並沒有兄弟姊妹。」

「哇，調查過我？查到什麼說來聽聽。」

「我曾懷疑過妳或許是人家的養女？杜家或者紀家的。又或許小青是妳父母出養給他人的小孩？畢竟小青的身世更爲不明，她在這世上已經沒有親人了——雖然妳也是，妳父母在十九年前就因意外過世了，不是嗎？可是小青是個父不詳的人，而她媽媽在她出生後沒多久後就病逝了，此後她的確被一對夫婦收養，不過她的繼父母們並非善類，所以小青滿十八歲後，就自己出來自力更生了，也沒再和繼父母一家聯絡過。妳呢？妳的父母是妳親生的嗎？」

「你沒查出來嗎？」杜紀冷冷地問。

「根據戶政資料，杜家夫婦並無領養紀錄，不過，那年代的紙上資料也不見得就是事實。另外，妳老爸也可能在外面不爲人知地留種……」

「你自己才渾然無知地四處播種吧！別污衊我死去的老爸。我可以肯定地告訴你，我和你的小青完全不是姊妹，至於是不是有什麼遠親關係，我就不敢保證了。」

「但妳們倆的共同點還眞不少啊，除了長相外，都是孤零零的一個人，世界上有這麼巧的事嗎……」

「喔我一個人過得很快活！拜託別拿我去比你那令人疼惜的女神，我和她的個性，我『稚幾』看得出來是南轅北轍，你千萬別隨便起了移情作用。而且容我提醒你，小青不再是一個人，人家有個老公，希望你別忘記這點。不管怎樣，要我幫你斬桃花和護花是一回事，但你可別利用我來幫你破壞別人的家庭。」

「這倒是。」尼歐盯著杜紀，摸著下巴說。

「什麼倒是？」

「妳和小青性格差很多！她哪，是個溫柔可人、善良單純的女生，妳呢，眞是個誇張取巧、滿嘴胡言的江湖騙子，還相當凶悍……但，如果小青的個性和妳一樣，可能當初我和她就能修成正果也說不定……」

「哦？讓仙姑猜猜，小青需要的安全感是你飄ノ的劣根本性完全無法提供的吧？要不就是您尼歐四處『拜神』，不僅已婚婦女都不錯放，連我這種冰清玉潔的典範，也沒能凍住您那狩獵的靈魂，依然不放棄地暗示著你我的可能性？眞不知你是哪裡出問題，有必要漏電漏這麼凶？拚惹位，台電很缺電，快去幫忙發。」

「妳——可眞是我的知己，簡直像是從前世就開始了解我，這百年苦功，妳當眞要這樣白白浪費了嗎？」

「喔吼吼——您可千萬不要誤會本座，本座幾世的修鍊，求的也是個專屬的有情郎！絕對不會報名入宮去爭奪后位的，哪怕您眞的爲我做出冒性命危險的大舉，我都很清楚，你根本是爲了哪個蕭婆都可以的，而不是因爲我地位特別不同。」

「說得——也是，我還眞像是隻發情的公狗。奇怪我以前都不覺得……妳眞的可以去算命了。不，我的意思是說妳算命仙其實做得相當稱職。」尼歐想了想又接著說，「那在妳的天眼通之下，覺得那個吉祥物吳式娟，是自己來的，還是姓鄭的安排她來的？」

「奇怪嘍，你自己不是很會駭？沒查出是誰幫她訂的房嗎？」

「情資是顯示她自己——其實是她助理幫她訂的房，付款人也是她的公司，不過，動機上無法確定她是自發，還是姓鄭的要求她來。」

「不論是哪種，鄭皓平都是知道她會來的。因爲他們在飯店大廳相遇時，雙方都沒有露出一絲驚訝的表情，反而小青看到你時，雖然假裝不認識，但她確實瞬間變了一下神色。不過，就算是鄭皓平知道吳式娟會來，也不代表這是他安排的，也許吳小姐自己吵著要來偷看元配，也沒隱瞞情夫。總之，現在無法下定論，還要再觀察。」杜紀突然又想到，「倒是小青對吳式娟並無特別反應，這是怎樣？她只知其人不識其影？」

「嗯，她看過丈夫的臉書裡，他和吳式娟曖昧的所有文字內容，她知道對方的名字和身分背景，但倒是從未見過照片，吳式娟顯然沒在臉書上上傳過自己的照片。」

「這麼小心？不愧是做大事的人。」杜紀撇了撇嘴，「但，這兩人都沒在臉書上提起這次度假的事嗎？」

「這就不得而知了，因爲自從小青發現老公在臉書上和舊情人曖昧後，兩人自然是大吵了一架，之後姓鄭的就把密碼改了，小青便無法得知後來的發展。」

「但你這個駭客難道會不知？我不相信這點小事難得倒你。」

「我只能說我沒看見。或許那個姓鄭的學聰明了，或許他此後每次和吳式娟談完情後，就立刻刪除清空所有的紀錄。而吳式娟那邊也一樣。可是他們倆的愛情故事，實在引不起我進一步深駭的興趣……」

「所以她現在還不知道吳式娟已經在身邊？」

「她確實不知道，我也不曉得該不該告訴她……」

「先別說，先讓我們看看鄭皓平想搞什麼鬼，萬一人家眞的是想努力挽回婚姻，我們沒有必要，至少是我沒有必要去破壞，也希望你能成全。容我說一句，你和小青女神有緣無分，你早該看開。」

「矮油~此話怎講？」

「如果你是她要的，她當年早就選擇你了不是嗎？她當初不能要你的原因，如今消失了嗎？還是如今的她已經脆弱到不在乎自己的要求？」

見尼歐沒回話，杜紀往房門方向走去，「趕快把床喬一喬，我去看看小青她們現在在幹嘛。」

◎　◎

尼歐之所以會找杜紀來暗中保護小青，並不是完全沒道理，他可能事先有做過功課，知道這個溫泉飯店有兩個公共的室內大湯屋，採男女分浴。不知是何緣故，每個房間內的浴室所提供的，就只是普通冷熱兼具的自來水，並非溫泉水，所以如果旅客想泡湯的話，還是得到公共湯屋。

除了溫泉，館內也設置有健身房和餐廳，一個附有吧檯、也提供咖啡等茶飲的交誼廳。戶外區也頗有規劃，除了兒童活動園區和寬闊的外庭草坪之外，此地依山傍水地設置了一條不算短的散步步道，沿途多有座椅涼亭可供歇息觀景。

尼歐哪裡都可以暗愛相隨，唯獨小青夫妻的房間和女湯屋是他守備不到的範圍。而如果小青的老公或小三眞有什麼計謀的話，似乎安排在公共區域上演，會比在私人房間裡更能避嫌。找杜紀來幫忙，也算是個深思熟慮的計劃，畢竟她為人夠狠夠奸、夠不老實。

但杜紀此刻有點驚慌，小青夫妻並不在他們房內，館內也四處不見蹤影，難道她得去把那條步道整個走過一遍？這個暗中保全的工作比她想像中的有難度，從現在起，她得好好掌握小青的動向才是！

「尼歐，小青夫妻開什麼車你知道嗎？」杜紀拿著手機面對著半空的停車場說，想確定小青人還在飯店範圍內。

「銀色 GL Class 賓士休旅車，應該很好認，妳需要車牌號碼嗎？」尼歐的聲音從手機裡傳來。

賓士休旅車，停車場裡並沒有，小青夫妻外出了！杜紀緊張了起來。

「那你知道吳式娟開什麼車嗎？」

「紅色 BMW，車牌號碼後面是三個八。」

幸好！幸好吳式娟沒有跟去，她的車還在停車場。杜紀立刻又鬆了口氣，至少，小青的出事率是少了一半。

「姑姑，妳在這裡幹嘛？妳要出去喔？」亞亞的聲音在杜紀身後傳了過來。

杜紀馬上把電話掛掉，轉過身來面對這個亞女神，「妳剛剛怎麼來到這裡的？是自己開車來的嗎？」事已至此，乾脆把人人的坐騎資料都登錄進去吧，杜紀想。

「開車？那是司機做的事吧？呵呵，人家怎麼可能會開車嘛～」亞亞咯咯地嬌笑著，「我家的司機送我來的，但是他已經回去了，我想我待在這裡的期間，如果想去哪裡的話，寶貝可以載我啊，要不然我也可以叫小黃嘛，所以就讓司機回去了。」

亞亞幾歲了？二十二？二十五？杜紀在內心裡感嘆著代溝，在她的年代背景，自己會開車才是件值得驕傲的事。「那妳來停車場幹嘛？既然妳司機都回家了。」

「我無聊嘛，剛剛在我房間的窗戶看到妳往停車場走，我就想啦，既然不能去找寶貝，不如和妳一起去逛逛也好～姑姑要去哪？」

「做姑姑該做的事，回古墓去睡在繩子上。」杜紀也不知道自己怎會突然失去耐性，大概是因爲戒菸了三星期，她想。

「什麼？什麼——木？」亞亞歪著頭，不解地問道。

什麼木？林老木啦！杜紀在六度空間暗自回答著。自從老天爺賜給了她嚴之後，這算是她酬謝神明的方式，她告誡自己，再也不要講髒話玷污這個人世間。還有，要戒菸。

但，就在杜紀往飯店大廳走去時，她看到了小青，她剛從步道出來，獨自一人。

「咦，姑姑，那個人是妳姊姊吧？怎麼長得這麼像！」亞亞也看見了。她不敢置信地輕呼。

「嗨，剛剛check-in的時候見過妳，妳和中遙一起來的，我猜妳應該是他的女朋友吧？」小青大方地走向前來打招呼。

亞亞瞬間臉色都變了，她再怎麼無腦，也看得出溫右青這番話，是對著杜紀說的……

2・迷走

中遙：

這兩年我常常在想，假如，假如當初選擇了你，我的人生現在會是怎樣的呢？

而假如皓平當初和吳式娟有了結果，他的人生是否就不會像現在這樣，不圓滿。眞奇怪我們每個人，究竟是怎樣在一個岔路上做出決定，是什麼閃過了我們的一念之間。

今天，我在會館外遇到你的朋友杜小姐，我本以爲她是你的女朋友，但沒想到杜小姐解釋說，在我們身旁的另一位年輕女孩，陸亞君才是你的女友。我有一點失望……坦白說，我私心下還眞希望杜紀是你的選擇，因爲，那樣我就能確定，我在你心中一直以來的分量。杜紀，她眞的和我有點神似，不是嗎？如果你有一個女友長得像我，是不是有可能表示，我一直住在你的心中……

不過，杜紀和陸亞君都青春得不像話……我猜你大概從沒改過你的本性，一直是、一直是，那個讓我不安的林中遙吧。如果是這樣，我又何必在乎你的女朋友是杜紀還是陸亞君？不論是哪一個，她們的處境或心情我都明白，因爲，那條路我走過，而你這個人，我愛過……

那滋味，能說是幸福嗎？

◎ ◎

「麻煩請你們經理出來一下……」杜紀穿著會館湯屋內提供的日式浴衣，全身滴著水，站在飯店大廳的櫃台前面。

「請問是有什麼問題嗎？我可以幫您解決。」櫃台小姐職業式地答腔，嘴角有著那麼點藏不住的二%弧度，洩漏著她的不屑。拜託喔，有什麼事，就不能先把自己擦乾再出來嗎？等一下是誰得無奈地來收拾這一地的滴水！她在內心碎念著。

「貴溫泉明明是室內池，卻不知道爲何裡面的窗戶大開，還故意釘上釘子讓人無法關上？你們這種經營手法是何居心？想讓男客來偷窺嗎？你們有對男客暗售門票是吧？」杜紀滿心不悅，因爲她剛剛在泡湯放鬆自己時，突然發現有個八九歲的小男孩，趴在窗外往內偷窺，嚇得她的掰掰肉和小腹都瞬間緊實了。

「這位小姐，妳誤會了！我們的溫泉因爲是硫磺泉，在密閉的空間內極容易發生意外，所以才有這樣強制讓空氣流通的措施，也因爲是這樣，我們才沒在每個客房都設置溫泉浴，以免客人發生意外又無人發現，造成遺憾！」櫃台小姐強忍著不耐地說，窗戶邊明明就已經有掛警告牌了，難道這個客人是文盲麼？

「意外？什麼樣的意外？」杜紀心中警鈴大響。

「就……如果吸入濃度高的室內硫磺氣體，會中毒啊，會導致昏迷，嚴重時甚至會死亡。所以我們才強制讓窗戶開著，這是爲了客人的安全著想。」現在她肯定，眼前這位客人，正是百年難得一見的文盲無誤。

「這麼重要的事，你們怎麼不立牌警告？萬一有客人欠缺常識，硬是把窗戶關了起來怎麼辦？」杜紀說。她決定要逼著會館確實去點平安燈。

原來不是文盲，是瞎了，櫃台小姐在心裡想著，再度勉強自己擠出個職業笑容，耐性地說：「我們確實有在窗邊掛警告牌，可能是您沒仔細注意……」

如果說，這世界上有杜紀自豪的事，那毫無疑問就是她的眼力和記憶力了。「你們的牌被人拆了！我現在想起來了，窗框上方確實有個鉤子，那原本應該是你們掛警示牌的地方，但現在警示牌已經不在原位了，你們最好趕快想個辦法補救。」

湯屋內向來水霧凝重，警告牌自然是得用經得起水氣的材質製造，沒辦法用列印的紙張臨時替代，因爲那也撐不了多久。如今牌子遺失，除非會館裡還有備用牌，不然確實會是個傷腦筋的難題。

「我的媽啊～連這種東西都有人要拿？到底是怎樣！……該不會又是對岸同胞帶回去當紀念品了吧!?」櫃台小姐抱著頭，完全遺忘了眼前的客人，她崩潰地躲入自己的小宇宙。

「如果你們沒有多餘的牌子，我建議妳先把男湯屋的警告牌移到女湯屋！」杜紀自然是要這樣堅持，畢竟女人總是比較含蓄，有比較高的機率會想去關窗。

「咻——水喔～」突然行經大廳的尼歐，對著衣衫半濕又半貼的杜紀吹口哨，他沒料到自己會有這種眼福。

「尼歐！你趕快去男湯屋那裡，把窗戶旁的警告牌拿來給我！」杜紀命令下得彷彿她已經是此家會館的經理。

但這位杜經理完全沒心情去關注經理該具備的儀態，因爲她感覺，除非眞的是有個無聊的陸客把牌子偷走拿去淘寶網拍，不然，這場還沒發生的命案，兇手可能已經在準備了……

正當尼歐在那裡摸不著五里霧時，杜紀又說了：

「不，乾脆直接找小青來談談更快，你現在就去約小青，請她到我們的房裡聊聊。」

「咦？怎麼會是……怎麼是你們兩個住一間啊？」溫右青訝異地問，「不是陸小姐才是中遙的女朋友嗎？」

「說來話長，簡短版的版本就是，我是個私家偵探，尼歐現在是我的雇主，我們會出現在此的原因是，尼歐懷疑妳會有危險。」

「危險？什麼危險？」溫右青一臉迷茫，完全被搞糊塗了。

「也許是我想太多，但我得告訴妳一些詭異的實情，吳式娟此刻人也住在這飯店裡，我一開始就懷疑妳老公約妳來此度假的舉動不單純，再加上吳式娟的參與，給我一種不安的感覺，所以我才會請我的朋友杜紀一同前來，暗中觀察……」尼歐解釋。

溫右青露出個不知該喜還是該悲的神情，可是很快注意到中遙……中遙顯然真的很關心自己，即使當年她狠心地斷然求去……

「他們想怎麼樣？能怎麼樣？頂多攤牌一起逼我離婚吧。」小青嘆了口氣，「最多不就是我大方成全他們？有必要對我不利嗎？」

「這是我想搞清楚的地方之一，妳曾向妳先生表明過不願離婚嗎？」杜紀問。

「坦白說，我不是那麼輕易放棄婚姻的人，我希望我們都能再冷靜地想想，看看是否還有補救的餘地，這也是我對他說的。他沒說什麼，沒堅持要離婚，也沒回應說願意再試試，一陣子之後，他就邀我一同來這溫泉會館度假，說讓我們離開原來的環境一陣子，改變一下氛圍，我以爲他決定再試試了，哪知……」

杜紀還不了解小青，她無法斷定小青在對丈夫說那些話時，是怎樣的態度或口吻？是她無意間透露出過度堅持而不自知，還是鄭皓平自己的解讀失準？又或者是，激進的人是吳式娟？鄭皓平只是軟弱地配合著她的安排？

「我並不確定妳先生或吳小姐眞有惡念，但我想先警告妳一件事，這裡的溫泉是硫磺泉，飯店的小姐告訴我，湯屋的窗戶一定要保持敞開著，不然吸入濃度太高的硫磺氣可能會造成意外，嚴重時甚至會致死。湯屋原本在窗戶上方掛有警示牌，但我剛剛泡湯時發現它不見了，如果妳去泡湯，請妳一定要多加留意，不要去關窗，也不要讓泡湯的其他女客去關窗。」杜紀覺得輕鬆多了，最佳的防範方法，無論如何便是讓小青本人提高警覺，知道可能的危險是什麼，就算一切只是她和尼歐過度的緊張猜忌。

「哇，這溫泉聽起來還真是危險！幸好妳現在告訴我這些，要不然我真的是那種會去關窗的人。」小青說。

「只是說，要把窗戶關起來也不是那麼容易啦，飯店的人已經在窗軌上了釘子卡死了，只不過，讓妳知道此事，我感覺比較安心些。」杜紀想了一想，又接著問：「對了，妳先生和吳式娟的狀況和過去的淵源，妳清楚嗎？」

「吳式娟是皓平從國中時代開始，就一直愛慕的人，據說，她從小到大都很優秀，求學時期無論是哪個階段，都是資優生，也是個才女，是皓平暗戀卻望塵莫及的人……大學時期，皓平終於鼓起勇氣向她表白，不過吳式娟當時有個條件更佳的追求者，於是她選擇了那個人，拒絕了皓平。

「哪知，那卻是吳式娟苦戀的開始。過了熱戀期後，女方顯然愛得比男方深，她愈是苦苦地守著這段愛情，男方就愈是想逃離，好幾次吳式娟把自己弄得精疲力竭，傷痕累累……你們應該猜得出，誰會一直在那裡，提供她肩膀哭泣。」

「如此俠義心腸，自然是鄭成功的後代。」尼歐不屑地說。

「她一直是皓平心中的女神，誰都無法取代。皓平以為只要自己撐得夠久，吳式娟終會聰明地結束她的癡迷，理智地另尋一個可靠的港灣。

「吳式娟是被甩了，可是她並沒有投向皓平的懷抱，也許是傷得太深太重，太失尊嚴，她墮落了，玩起了各式短暫的愛情遊戲，皓平心中的女神於是也破滅了，從那個時候起，皓平便決定把她徹底遺忘。

「沒多久皓平也出社會了，他把自己的心思全然寄託在工作上，在很短的時間內不斷升遷加給，然後在某個工作場合中他遇到了我，基於他不願重蹈覆轍——他既不想再成爲誰的守護者，也不願走上和吳式娟相同的自暴自棄之路，他選擇了性情穩定、生活單純的我，提出了交往的要求，以結婚爲前提的交往要求。

「也許是因爲我明白那種對安穩的情感的渴求，加上我對皓平也有好感，所以我答應交往，而且在交往五年後，才答應了他的求婚。我們的這一段雖然沒有轟轟烈烈，但也還算平穩幸福。直到今年初，我才發現，皓平不知什麼時候又和吳式娟聯絡上了，透過臉書他找到了她，十二年了，他們整整十二年沒有聯繫，吳式娟雖然至今未婚，但她顯然已經走過那段荒唐歲月，回到優秀有才幹的自己，突然之間，她又是皓平所知道、所認識的那個女神了……」

小青的故事停了下來，但杜紀和尼歐也都一時沒作聲。

眾人呆了半晌後，杜紀突然很怕小青會無預警地流下感傷的眼淚，所以她逼自己講話了，「吳式娟應該也知道鄭皓平成家了，如果她已經洗心革面走回正軌，怎麼會介入人家的婚姻？」

「不能說是她的錯吧，」小青苦笑了起來，「皓平自己，情難自禁……」

結果講到此，小青反而哭了起來，杜紀把十指插入自己還不太長的髮間內，狀似以鐵沙掌炒著這盤髮菜，尼歐也送上一對死眼加料。

「別哭了，妳也是我永遠的戀人啊……」尼歐走過去輕輕搭著小青，柔聲地安慰著，「妳也有永遠可以哭泣的肩膀啊。」

杜紀現在簡直失控到鬼剃頭了，這個尼歐大電廠！是嫌狀況還不夠艱難，核四還不爆炸嗎！她暗咒著。他怎麼可以這樣情難自禁，這和他自己不屑的鄭皓平有什麼兩樣？人家鄭皓平起碼洗手作羹湯也作了快十年！他呢？眞以爲自己四處拜神，就很虔誠嗎！

「那位同學——你的亞女神還在爲你淨身十天，你可別忘了。」杜紀忍不住出言警世。

尼歐沒醒，小青倒是醒了。

「哈，我這樣和吳式娟有什麼兩樣？我有什麼資格說她？」

小青推開尼歐，用手背抹去淚水。

「不一樣！我還沒結婚，妳沒有介入我的家庭！如果我們之中有一個人有錯，那個人也是我！」尼歐近乎狂吼地說。

◎ ◎

「妳幹嘛都不說話？吃醋了喔？」尼歐對著已經躺在床上的杜紀喊話。

「尼歐先生，或林中遙，我對你那種曖昧的處世風格再無意見，但拜託不要對著我使，你白費苦工，而我聽了也煩。」杜紀熄掉床頭的光明燈，拉高被毯罩著自己的頭，翻身面牆。

「沒事就晚安，別來吵我。」

「我不喜歡這樣，妳對我有什麼不滿，就明說啊。」

「你是哪裡有病!?我說得還不夠明白嗎？」杜紀氣到九十度直角快速立身，「我早勸過你，不要去惹人家有夫之婦，我甚至都努力幫你斬桃花，擺脫亞亞了。結果呢？亞亞追來會館，正在爲你淨身十天，小青現在恐怕在她房裡意亂情迷，然後你還繼續對我這個不相干的外人打情罵俏，你是怎樣？血那麼熱，怎麼不去幫忙太陽開花？」

「看來我眞的是很欠罵……我明天就去和亞亞說清楚講明白，可以了吧？別生我的氣了。」尼歐嘆了一口氣說。

「所以小青確實是唯一眞神？」看到尼歐不再油腔滑調，杜紀的火也就立刻消了，她算是個直腸子。

「妳天眼通不出來嗎？事實上……」尼歐本來打算說，他覺得如果小青有杜紀這種性格，那就更加完美了，不過害怕杜紀又以爲自己在油她，所以就緊急啓動斷然處置設施了。

「我感覺你對她明顯地認眞，甚至可以說，在你身上這是前所未見，但我就是不明白，你怎能認眞愛著一個人，卻又同時四處調戲很多人，你眞的好沒節操喔。」

「所以說，我就是喜歡……」斷然處置設施再次啓動，尼歐又把喜歡和杜紀練蕭維這段廢話吞了回去。

「那你現在打算怎樣？真的準備請酒了喔？你今天對小青說的那番話，簡直擺明了橫刀奪愛在所不惜嘛！她不春心蕩漾才怪。但既然你也喜歡也認真，而鄭皓平也找回了他自己的女神，我看乾脆大家約一約，全部把話攤開來講，重新配對，各自領神回家，也省去一場可能的殺戮，不是很好嗎？」杜紀嘆了一口氣，「雖然這聽起來實在驚世駭俗、有違倫常綱紀……但誰能說這不是個全贏的局面？」

「但妳稍早開示的一番話，我覺得很有道理。忍不住畫了重點記下來。」

「哪一段？有時候連我都覺得，我的話能聽的話，屎也能獻給皇上吃。」

「妳說如果我是小青要的，她當初早就選擇我了，妳問我，她當初不能選我的理由如今消失了嗎？還是她已經脆弱到自降堅持？實話就是，她當初不能選我的理由如今也沒消失，」尼歐看了杜紀一眼，「一直渴望有個安穩的家的她，因爲不能改變我而覺得我們沒有未來，就算我有娶她的打算，但那還是不夠，她說她看不到我會爲她專一，看不到她要的一個穩固長久的婚姻和家庭。而我也執迷於她爲什麼就不能接受我的本性，我也希望自己是眞正被人完整接受，而不只是一個被欣賞的外殼而已……」

「我也一樣懷疑著小青並不眞正愛我，我都願意娶她了，那難道不是我的承諾？可是爲什麼我只覺得她要的不是我這個人，而是林中遙的外觀但裡面住的是別人的靈魂！是不是她之所以不能選我，其實就是因爲這裡面的那個人，不是她要的？」尼歐苦笑地指著自己的心。

「所以，你……變本加厲，難道就是因爲覺得女神沒有看清你的本貌？因此你才要一次又一次地用力秀給她看，同時渴望著，她最終能接受這樣的你……」杜紀感到微微心酸。

萬能的天神啊——如果眞情流露沒有罪，尼歐一定會立刻把杜紀抱起來轉圈圈！

「看看鄭皓平的例子，他最愛的他當初沒娶、沒堅持下去，然後以結婚爲前提向小青提出交往，也負責地娶了小青，結果終究是難忘舊情，現在搞成這樣，」杜紀兩手一攤聳聳肩，「我覺得你們不要一錯再錯了。不論怎麼選，人生都沒保障，小青也該認清這點了，如果眞愛不能有保障，次一級的良品哪有可能提供更多或更眞？」

尼歐思索了一下，「那現在該怎麼辦？Z＞B的服貿是談還不談？」

「事關你的眞愛當然該談！只是我還想先確定，鄭皓平是否確有離婚的意思，因爲有一種可能性我無法排除，那就是，他說不定只是幼稚地想報復吳式娟，只想和她玩玩，而事實上是要繼續自己的婚姻，如果是這樣，而小青本人對這段婚姻也有再努力的意願，我也不得不指出，塵埃在十幾年前早已落定了，所以事到如今也沒必要逼迫人人去選擇眞愛，我們不能負責他人的人生，所以還是要尊重個人自己習慣的處世方法，無論那方法看在我們的眼裡有多不智，那都依然是他們曾經痛下決心的選擇。」杜紀想了一下又問：「那小青本人現在是怎樣？她到底……？」

「這問題我還想問妳呢！差點想繳出算命費，好好搞個清楚她到底愛不愛我！吼～」尼歐痛苦又帶怯地吼叫。「這是我苦思了一輩子的問題啊……」

杜紀無法回答，也不忍心再趁火打劫，「這樣吧，你趕快去和鄭皓平做朋友，灌他幾杯，看看他是否有離婚的意思。而我也應該去認識一下吳式娟。」

「如果要陪酒，我寧願陪一個女的，而且女人比較是我的強項，不如我們調換？」尼歐充滿期待地問。

「你覺得，鄭成功的後代會和我講實話嗎？尤其我還長得像他太太，他不立刻起疑才怪吧。」

「其實現在看起來也沒那麼像了，妳比較有……」斷然處置措施再次啓動，尼歐不想搞得杜紀不再理他，害自己的人生失去了一項樂趣。「好好好，鄭成功就和我配對成功——，可是妳疏忽了一點，吳式娟難道就不會對妳的相貌有警覺？她也已經看過小青了，說不定會覺得妳們倆是姊妹吧。」

「雪——碧！對喔——怎麼辦!?」

杜紀和尼歐互看了一陣子，兩人都同時想到現成還有一位人手。也都感覺到對方想到的和自己想的，正是同一人。

「我看我暫時不用去報名分手擂台了，對吧？」

杜紀點點頭，「我們這樣有點欺人太甚……會有報應的吧？」

「妳不會啦，畢竟她打過妳，算是扯平了。而我的債，應該不差這一條。」

◎　◎

中遙：

我開始懷疑自己是全盤皆錯……

畢竟，時間證明了我選擇的安全並不安全，而我所放棄的不安全，反過來說，眞的有那麼不安全嗎？

你爲什麼始終沒結婚？你爲什麼要這樣護著我？難道我眞的錯看了一切，也錯看你嗎？可能我其實只是個膽小鬼，不敢面對自己的眞心，也背叛了它，所以今天的一切都是罪有應得！啊，我多麼希望時間可以重來！如果我怎樣都是要爲一個人心碎，我寧願是爲你！我寧願……

突然之間，我感到皓平已經不是那麼重要了，我的婚姻已經不是那麼重要了，我覺得自己彷彿是向吳式娟借了十年的鄭皓平，但我是爲了什麼呢？爲了什麼我要向別人借一個不是自己最愛的男人!?也不是愛我最多的男人……

中遙，救我！如果你眞的還愛著我……

我迷路了。

能不能來帶我回去？

3．死神

「什麼？要我去和那個陌生婦人做朋友？爲什麼啊～難道這又是神明的指示？」亞亞撕開一片自己帶來的面膜，細細貼敷到臉上，不是很開心地問。

一早杜紀就邀她來一起泡湯，講講體己事。

「昨晚媽祖有託夢，說妳跪了兩天精神感人，如果去和吳小姐做朋友，人生必有啓發，也得以抵減三天的淨身戒規時間。妳莫要辜負媽祖減刑的恩典。」杜紀本來對自己說出來的台詞也感到可恥，更感到不忍，畢竟亞亞是尼歐的受害者。但一聽到亞亞居然稱呼只比自己大幾歲的吳式娟爲「婦人」，她忍不住青了一眼泡在溫泉中、毫不遮蓋的亞亞之青春肉體，強烈覺得，一千多歲的林默娘也會站在自己這邊。

「眞的嗎？好玄喔，這樣當然是很好，但不知道，和一個歐巴桑有什麼好學的……我家家境又不用我去當老女強人。」

「所以說，要妳學的當然不是事業，是愛情！」見亞亞用詞越來越狠，杜紀已把利用亞亞的罪惡感拋到九重天外天，「妳要多多對吳小姐請益愛情經驗，並且隨時來向我報告心得，媽祖有交代。」她再看了一眼亞亞彈性鮮活的肌膚，不得不開始承認，年輕眞好，失戀也是活該。

「這倒是，一個女人活到這種歲數，感情經歷應該是很豐富哦？」亞亞突然眼睛一亮，「難道說，媽祖是要我多學點床上招式？」

杜紀差點滑到九泉之下，「不是床戲，感情戲才是妳要關懷的！」

「喔好吧，反正在這裡也閒得發悶，人家昨晚居然寂寞到在和威廉先生對話呢～」

「威廉？」

「是『威廉先生』啦，就是我的粉紅色跳蛋啊，我叫它威廉先生喔～」

杜紀覺得自己一張缺乏膠原蛋白的臉，必然已經暗震到垮台，現在的女生是怎麼一回事？難怪尼歐得不斷「更新資訊」，以便趕得上新時代。

「那威廉先生都和妳說了什麼？」杜紀隨口問問。

「就滋～滋～滋～啊，它還能說什麼？人家又不是有幻聽～」

杜紀總算明白尼歐會去沾惹亞亞的原因，這小女生也有很可愛的一面，連她都忍不住笑出來。

「那妳又和威廉先生說了什麼？」杜紀忍不住追加發問。

「不要啊～別這樣～快住手～屎搭屁意～我的身體已經屬於寶貝了～啊啊～啊……」

到此，杜紀已經忍無可忍了，她笑出了十條新皺紋，連身上的浴巾都滑掉了，還是無法煞住車。

「姑姑，妳這樣繼續和寶貝同房好嗎？妳老實告訴我，你們不會已經做過了吧？」乍見杜紀的實力，亞亞忍不住要舉手發問，她不是不曉得，她的寶貝有多麼難專一。

「這妳放心，如果妳見過我的男朋友的話，妳就會知道，爲什麼我連威廉先生都不給碰。」杜紀驕傲地說。

「原來姑姑心有所屬了，眞是謝天謝地啊。」亞亞顯然鬆了一口氣。

「神明的恩點可不是隨便謝的，我爲了謝神給我這麼個好男人，可是戒了菸又改掉說髒話的。所以妳與其寂寞到和威廉先生搞一夜情，妳更應該去和女強人做朋友。」

「我知道了啦～姑姑，但我內心其實還有個疑問耶，那就是，那個叫寶貝爲中遙的女人，也就是和姑姑妳長得有點像的那個婦人，她是誰啊？」

該來的總是會來，看來亞亞也不是全然地不勞碌，她還是有在用頭腦的，杜紀想。

「妳知道我和尼歐爲什麼會來這裡嗎？妳都沒問，我也感到很奇怪。」在編謊之前，杜紀認爲自己得先了解狀況。

「寶貝和我說了啊，說姑姑妳要帶他去保安宮解前世孽債，所以我在大甲跪完兩天後，就趕過來了啊。」

「那隻種馬和妳說的？那個全身血液都直接是精蟲、至少七生七世都死於馬上風的人，還主動通知妳，我們的去處!?」杜紀氣到都快把溫泉水燒到沸了，也難怪溫右青無法把自己的人生交給他！

「有……有那麼糟喔……那寶貝會怎樣？他的今生還有沒有救啊？」亞亞緊張又害怕地問，「姑姑一定要幫幫我們！寶貝沒有通知我來啦，他只說要和妳去保安宮，但世上保安宮這麼多，我怎會知道是哪一家？是我自己請警界高層幫忙，追蹤寶貝的手機訊號找到這裡來的！絕對不是寶貝心思不正要我前來的！妳一定要救救他啊！」

情，總算有一點點可原，「我會盡力，雖然妳寶貝實在很糟糕，但上天總有好生之德。」

「那姑姑要我走嗎？如果這樣對寶貝有幫助，我也是可以先回家的……」

「既來之則安之，妳就好好做妳自己該做的功課吧。」杜紀覺得亞亞除了可打探吳式娟外，應該還有其他利用價值，警界高層隨她指使？這傢伙的祖先看來功在黨國。

「那……姑姑可以告訴我，那個女人是誰了嗎？」

「我一個失散多年的親人，尼歐爲了積功德想安排我們相認，所以我們一方面來保安宮解除尼歐的孽債，一方面又要來認親。不過我家族有心臟病史，所以認親之事得漸進而不可貿然，以免我阿姊受不了刺激，所以妳也別自作主張，去和那女人講這些。」以上當然沒一句實話，杜紀只是將錯就錯，既然大家都覺得小青是她姊，這套劇本自然更勝另造。

「那……寶貝和她沒什麼過去吧？」亞亞追問。再傻的女人也是天生內建猜疑機制的。

「什麼話！人家溫小姐都已經結婚有老公了，而且老公也一起來到此地，她怎麼會和尼歐有什麼特殊關係？妳想太多了。」杜紀希望自己看起來神色還算自然。不是她狠心想幫忙尼歐欺騙亞亞，而是杜紀始終有個感覺，小青和尼歐可能還是有緣無分。

「我想也是，如果我是寶貝的話，兩個長得類似的人，那自然是要選也會選姑姑嘛～姑姑又年輕，眼睛也殺得多，幹嘛選個死魚眼的……」

幸好自己是歡樂的勝利組，要不然杜紀恐怕會餵亞亞吞拳。不過她也懷疑自己眞可能有家族心臟病史，因爲亞亞這樣的評論，還是聽得她很心悸。

溫右青的眼睛沒有那麼慘吧？頂多就是沒有生趣而已。她的確看起來不是個幸福快樂的女人，可是一個婚姻有危機的女人，又怎能神采飛揚得起來？

◎　◎

尼歐實在不知道從何下手，沒錯，現在那個姓鄭的是就定位了——獨自在交誼廳裡啜著一杯威士忌，但他還真想不出個開場白，他對男性沒靈感就是沒靈感。

他只好拿著自己的啤酒，走到鄭皓平的隔壁桌就座，無論如何，至少要先抵達戰略位置。

「兄弟，這麼早就喝烈酒啊？」尼歐勉強擠出一句台詞來，還好姓鄭的在午後就嗑威士忌。

「這位先生，不介意的話，我想要一個人靜一靜，謝謝。」鄭皓平冷冷地說，眼睛甚至都沒拉抬起來看一下尼歐。

溫右青啊溫右青！妳連挑男人的眼光都不如杜紀。尼歐碰了個軟釘子後忍不住在心中抱怨。這就是妳心目中成熟穩重的男人？要我當這一款的，我眞的不如去燙戒疤出家！

現在要怎麼辦？

正當尼歐打算退兵離去時，交誼廳進來了一名新男客——高—富—帥。

他在吧檯要了一杯咖啡後，四處張望物色著好位置，尼歐乾脆對他招手。

「我認識你嗎？」高富帥拿著咖啡走到尼歐面前。

「不認識。不過如果你不介意的話，我並不喜歡孤單。」

高富帥看了尼歐一眼，把咖啡放了下來。「趙志豪，你呢？」

「林中遙。但是叫我尼歐就可以了。」

「天氣這麼好，怎麼沒去園區走走？」趙志豪很主動地起了話題。

對嘛~做人就是要這樣平易近人、廣結善緣嘛！裝什麼酷！尼歐在內心裡指責著鄭皓平的態度。

「不是不去啊，在等我女朋友化妝打扮！也不知道還要等多久。你呢？又怎麼沒去走走？」此時尼歐也突然想起，如今這世界多元而自由，希望他沒讓趙先生誤以爲自己是找伴的同好。

「眞巧，我也是在等我女朋友泡完湯來會合！女人，不知道爲什麼永遠有那麼多細節可以耗時間。」趙志豪看似抱怨，其實眼角堆滿笑意。

尼歐鬆了口氣，見對方也只是個不怕生、挺健談的人，尼歐也就放心地和這位趙先生東南西北聊了起來，尤其如果話題是女人，他可不缺資料。再者，若先在鄭皓平面前示範自己如何「熱愛交友」，或許下次再攻鄭皓平時，他就比較能放下戒心。

「所以你們各自訂了自己的房間!?自己住自己的？」交談一陣後，尼歐驚呼起來，他沒想到在這世間居然還有純純的愛，尤其他們都這種年紀了——趙志豪看起來也三十好幾了，絕不會比自己年輕。

「哈哈，也不是你想像中那樣啦，我們分開住是因爲我女朋友希望在結婚前遵守禮規，這樣日後才能眞的感受到結了婚的不同和認眞。可是這不代表我們之間是清白的……」趙志豪爽朗地笑說，「雖然我們也不是眞的交往很久了，可是感覺對味，進度也不錯，我們這兩天有談到結婚……」

「啊，抱歉我得先走了，我女朋友來了！」趙志豪向尼歐交代完，立即起身往門口走去。

尼歐轉頭望向趙志豪離去的方向，一個女人笑容可掬地迎在交誼廳門口。

她衣著休閒，綁著馬尾，看起來溫柔可人。

但，她居然是——吳—式—娟！

這是怎麼回事？

尼歐覺得彷彿五雷轟頂。

回過頭來他才看到，隔壁桌的鄭皓平比他更臉色鐵青。

他的手指節在威士忌杯上顫抖泛白。

◎　　◎

「哈哈哈哈哈～這種組合寫成小說都沒人要信！太唬爛了

嘛～」杜紀倒在床上翻滾著，笑得骨質都疏鬆了。

「妳別顧著笑！妳能不能專業地分析一下，究竟發生了什麼事？」尼歐不是太能同樂地說。

「你問過小青了嗎？這個趙志豪不會是吳式娟當年苦戀的男人吧？」杜紀還是笑得直不起身來，她覺得這整件事瞎得實在太離譜了，比雄伯的五線譜頭更走位啊。

「這我回答妳就行，他不是！依我們談話的內容來看，趙志豪和吳式娟交往不久。」尼歐說，「喂，妳再不起來好好回答，我就要撲上去了喔！妳那什麼態度啊？」

杜紀趕緊使出身上最後的一點緊急鈣質，努力從床上坐立起來。

「好啦，我猜吳式娟若不是用計逼迫鄭皓平趕快做決定，要不就是眞的半途又殺出個程咬金，看來鄭皓平眞的和她無緣，吳式娟根本沒那麼愛他。」

尼歐考慮著可能性。確實，趙志豪也是有可能故意在鄭皓平面前演出這場戲，趙志豪有可能像自己見過吳式娟一樣，也早知道鄭皓平長相方圓，所以依照吳式娟的要求，來到此地演出這場事先安排好的戲碼，這也可以解釋他們倆爲何分房住，因爲根本不是情侶。

即使尼歐不出現在交誼廳，即使趙志豪也沒去和鄭皓平攀談，他只要無聲地演出一個等女友的角色，也能達到同樣的效果。

半途殺出程咬金？他比較不相信這點，雖然他自己愛得隨緣隨性，但至少他不是那種一下子就論及婚嫁的人。

「妳的過兒和妳論及婚嫁了嗎？」尼歐忍不住做了一下民調。

「嗯……那個……過兒他連說句我愛妳都有障礙……雖然他最終還是對我承諾了，可是我們還沒論及婚嫁啦……」杜紀嬌羞地說。

「所以說，交往才幾個星期就論及婚嫁，是不是太濠洨？」尼歐說，「假設當鄭皓平的臉書上不再有兩人密談紀錄的那個時候，就是吳式娟交了新男友之時，那也不過才一個半月之前！我很難想像眞愛有衝刺得這麼快的！」

杜紀不知該說什麼，回想起她自己在發花癡之時，想嫁那個鬍子男李文生也是想瘋了，要不是嚴跑來干擾，搞不好她也會失心瘋地閃婚，女人因年齡壓力的想婚，男人可能不太懂。更何況吳式娟還比自己多了幾歲。

「你還是不要太快排除那種可能性，因爲在你還沒認識我之前，我也有一度想婚想到差點自毀前程，我們不年輕了，不像亞亞還有好幾年可以慢慢來。」

「妳哪裡不年輕了？妳不是才二十五、六？胡說什麼啊妳？」尼歐儘管曾經查過杜紀的背景身家資料，但他把注意力放在杜紀的父母身上，而且由於嚴才在念博士，再加上杜紀看起來真的不比嚴老，一直讓尼歐有個錯覺，杜紀不過二十五、六歲，但事實上她已經三十初了。

杜紀全身暖熱得好似更年期提早到來，她用感恩的心看著尼歐，熱淚盈眶。「我……三十一了。」她顫抖地告白。

「蛤？」尼歐下顎掉到陰陽魔界之處。

「……裝老是有什麼好處？……領得到老年津貼麼？」尼歐恍神地說，「那我為何沒得領？」

「我沒裝。我們認識之初，我不是就告訴過你，我有個過兒——年紀比我小的男朋友，所以你才姑姑姑姑地叫到現在，不是嗎？」

「我以爲妳只是偏愛神鵰俠侶這故事，只是偏愛楊過這個角色！只是因爲妳已出社會、而嚴還在念書，而且他當時又是妳的屬下？……原來是我想錯了！」尼歐驚嘆不已，「妳活該被亞亞打！妳根本是一連串詐欺，妳無所不騙！」

今天根本整天都是驚嘆號，連連見到鬼，尼歐驚覺。

「好啦，話再說回來，我眞的理解吳式娟這年紀想婚的心，你不是女人，你不懂那種連浮在水面的稻草都想抓住的心情。」杜紀收起暗爽的心，決定認眞工作報答尼歐。

「還有，我因爲不能直接接觸吳式娟，所以我去找她的助理做朋友，我感覺吳式娟最近頻頻約會的對象，聽起來不像是鄭皓平，所以你說她突然交了新男友，是有可能的。」

「可是連我們這種清清白白的朋友都同房了，趙志豪和吳式娟卻夜夜捨棄愛情動作片，這有道理嗎？妳又怎麼解釋？」

尼歐依然不是太買帳。

「吳式娟是在情場失敗過的人啊！她失敗的細節我們並不清楚，也許她當初太讓男方予取予求，現在學乖了，想要在有終極結果之前保持點距離，這也不無可能啊。」

「所以妳認爲她和趙志豪是眞情侶？」尼歐不敢置信地問，「果眞如此的話，爲……」尼歐話問到一半突然中斷，因爲他的手機響了起來。

是亞亞，他看了來電顯示白了一眼，現在又是怎樣？和年輕女孩交往如果有什麼缺點，那眞的就是她們太煩人了，什麼事都沒辦法自己作主。

「亞亞，現在不是講話的好時機，我有重要的事在忙！」

尼歐接起電話直接就吼了。

可是沒多久，他整個人就像骨架被抽離般，跌坐在床上，連手機都無力握住。

杜紀吃了一驚，趕忙撿起地上的手機，「發生了什麼事？」她拿著電話問來電者。

「姑姑？……有人……有……人死了啦……嗚……嗚……嗚……大家都死了啦……」亞亞在電話那頭邊哭邊說。

「在哪裡？」杜紀極力保持鎮靜。

「女湯屋……大家……大家都死掉了啦！哇嗚……」

杜紀腦中一片空白，只聽到遠處似乎傳來救護車的聲音……

4．孟婆湯

「大約晚上八點半左右，我進入了女湯屋準備泡湯。當時在場的除了我之外，還有他們說的溫小姐、吳小姐，和吳小姐的助理莊小姐，她們三人都是在我之前就抵達了，我不知道她們到多久了，或誰比誰早到，我都不知道。溫小姐一個人在澡池右邊大約是中間位置，吳小姐和她助理一起在左邊後方靠窗的角角的位置，我走到左邊中間的位置進入湯泉，除了吳小姐和她助理在說話之外，我和溫小姐都安靜地泡湯，溫小姐甚至是閉目養神的狀態，而這時候湯屋的窗都是開著的。

「我因爲沒有人可以交談，所以拿出一小瓶自己帶來的隨身氧吸著，因爲我看時尚雜誌介紹過，吸氧對體內美容有幫助，而且這家廠商做的隨身氧並不大，造型又很時髦，所以很久以前我就買來要試了，想說，趁著泡湯的時候可順便來吸，內外都保養到……

「我也不記得是過了多久，可能三分鐘左右吧，突然聽到窗戶那邊傳來奇怪的聲音，吳小姐就喊著有人偷窺，所以她助理就從澡池中爬起來，走到窗戶那裡把窗戶全都關上，可是沒多久，閉目養神的溫小姐突然張開眼睛大聲吼：『快把窗戶打開！這溫泉氣有毒！』才剛重新回到澡池的莊小姐和她老闆吳小姐都不知道是怎麼回事，我自己也以爲溫小姐可能在說夢話還是怎樣，我們大家對看了幾眼，沒人知道該怎麼做……

「溫小姐看我們沒動作，就慌慌張張地從澡池爬上來，看得出她想走去窗戶那裡，可是因爲她很急，一上來就滑了一跤跌在地上，這時她又大聲喊著：『相信我！快把窗戶打開！我們大家的生命有危險！』這時吳小姐就忍不住從澡池裡爬起來，往窗邊走去，她的助理也急忙跟著她起身，在吳小姐打開第一扇窗的同時，她就昏死過去了，人就趴倒在窗口邊，她的助理見狀要去扶，但也立刻昏死在吳小姐身上，我看了嚇了一大跳，想說這溫泉眞的有毒！因爲之前跌倒的溫小姐在叫完後，也沒再起身，所以我一刻也不敢多留，連衣服都沒穿就往外跑，去通知櫃台出事了！

「櫃台人員立刻衝去女湯屋把門整個打開，另一個人員則立刻打電話報警，後來他們好像又從女湯屋外面，把所有的窗戶都拉開，把倒在窗口邊的吳小姐和莊小姐一一拉出去，同時間飯店人員也拿大型風扇到女湯屋入門處吹，又隔了一會，他們才敢進去把溫小姐拉出來，這段時間我早就打給寶貝了，我通知完櫃台沒多久，就打給寶貝了。」並不是亞亞真的如此冷靜有條理，而是這個經過情形，她今天晚上已經被警方來來回回問過一萬次了，更何況她現在已經累到感情線、理智線和生命線全都斷了。

亞亞是唯一毫髮無傷的人，只因爲她碰巧帶了氧氣瓶，自然是警方極爲關切的對象。不過杜紀可沒忘記亞亞也帶了威廉先生和面膜等等。

「我想妳也很累了，先去休息吧，我去看看醫院那裡的狀況。」杜紀說。

躺在床上的亞亞閉上了眼睛，眼淚也隨著往兩旁流下，她是累了，但發生了這麼大的事，儘管自己無恙，也還是讓她很驚魂不定。

「妳有沒有安眠藥？不如吃一顆好好地睡？」杜紀不忍心地建議。

亞亞點點頭，從床邊的柏金包內找出安眠藥，呑了一顆。

杜紀見亞亞睡去後，悄悄退出她的房間。稍早她已經聽說，溫右青由於留在湯屋內時間最久，到院前已死亡，吳式娟和她的莊姓助理因爲倒在已重新拉開的窗邊，又被飯店人員及時從外面拉出，經過搶救已無生命危險。

警方除了懷疑亞亞剛好帶著氧氣瓶的詭異之外，暫時傾向認定這是一起不幸的意外。

然而究竟是不是意外呢？杜紀並不相信。沒道理莊姓助理能這麼輕易就將窗戶關上，那釘子呢？顯然繼警告牌消失之後，已被人事先移除了！

而且拔除釘子根本無須踏入女湯屋，只要趁著無人看見之際，即使是男性也能在女湯屋外輕易作業。

尼歐在救護車到來之後，就自行開車尾隨跟去醫院，想必他早已知道小青的噩耗，杜紀不知該如何面對他。在有警覺、有提防之下還是發生了不幸，杜紀不禁感到既難過又遺憾。不過，在尼歐 call 她回房去討論他新發現的趙志豪之前，她一直不曾鬆懈過，由於她不需要去和吳式娟做朋友打探情資，所以她多數時間還是偷跟著小青，事實上，她甚至知道小青從午後一點多就一直和尼歐在一起，推算起來，尼歐和趙志豪散了後，就約小青去散步。

她沒變態到去偷聽兩人的談話，可是因爲不知道尼歐會待多久，所以她也沒敢輕易離開小青去偷懶，一直跟到她發現尼歐載著小青顯然是要一同外出去晚餐，她才自己回到會館內的餐廳吃個便飯，還不忘和獨自一人的莊琪梅——吳式娟的助理——交際一下。

該做的不是都做了嗎?連危機都早就開門見山地告訴溫右青了!怎麼還是逃不過這一劫……

尼歐和小青吃完晚餐回到會館後，小青就去泡溫泉了，而尼歐也是在回到房間不久後，把杜紀從莊琪梅身旁call開。隨後莊小姐也和她老闆去泡湯。

當然她也可以了解尼歐爲何會在那時call自己。會館湯屋其實每天晚上九點就關閉了，尼歐大概覺得關閉前三四十分鐘，應該不足以出什麼亂子……

「等等……湯屋九點關門?難道是這個原因，警方才會認定是意外?」

杜紀自言自語起來，她決定走去櫃台問清楚。

「請問你們湯屋九點後是怎樣關閉的？」

「門窗鎖起來，門外面掛一個開放時間表啊。」又是那位嘴角兩%不屑的小姐輪值，今晚她眞是累翻了，連職業笑容都決定省了。

「窗戶也會鎖起來？」

「要不然萬一有客人從窗戶偷爬進去偷洗，然後出事了怎麼辦？當然是全都封閉，鎖起來啊。」

「那釘子呢？你們有在窗軌上釘釘子，所以在湯屋關閉前都會把釘子拿開嘍？大概每天什麼時候去除釘子？」

「小姐，請問妳是不是臥底的便衣啊？你們警方都問同樣的問題也就算了，還要換人一問再問、不停地問，我今天實在是累死了，行行好，這最後一次了好不好？——八點半時，負責關門的人通常就會把卡釘移開了，因爲他想要早點完事早點下班！對，那位吳小姐以為的偷窺者就是這位員工，但他只是去拔釘子。還有沒有？最後一次了，拜託不要再問我了。」

果真如此，難怪警方會認定是意外。

兇手心思縝密、執行細緻精準，看來，要抓他並不容易。杜紀想著。

她並不是多想去醫院安慰尼歐，因為她覺得尼歐此刻最需要的是獨處。

對了，何不趁大家都在醫院的這個好時機，偷偷溜進每個人的房間去查一查呢？雖然這樣很違規，但如果警方真以意外結案的話，那麼她就毫無可能從警方那裡得到任何內情或資訊，因為警方根本連查都不會去查。

事不宜遲，要趁著大家回來之前、趁著飯店清潔人員打掃客房之前。

剛剛那位櫃台小姐似乎誤會她是警方人員，看來，可以拚一下。

杜紀又轉回櫃台，拿出很久以前偷雄伯的證件去彩色影印再變造加工過後的僞證件，秀給那位嘴角兩％不屑的櫃台小姐，「我要鄭皓平夫妻、吳式娟小姐、莊琪梅小姐、趙志豪先生等人的房卡。要進行調查。」

櫃台小姐並沒仔細檢查杜紀的證件，反而問：「有搜索票之類的嗎？要不然我很難做……」

杜紀收回自己的僞證件，暗暗鬆了一口氣，這小姐至少沒有懷疑她的身分，這絕對是個好的開始。

「剛剛聯絡過，搜索票已經在路上了，等一下我的同事就會送到，我只是想提早開始，妳知道的，大家今天都累壞了，我也只想趕快做完趕快收工，妳就不能先讓我開始嗎？」

櫃台小姐想了想，還是謹愼地說：「你們怎麼不早說？我們的法律顧問才走沒多久啊……我想我還是得打個電話問他，我沒辦法下那麼大的決定。」

櫃台小姐確實撥了律師的手機，不過幸好她講得一副杜紀就是偵查員無誤，也沒提及尚未見到搜索票，這讓杜紀鬆了口氣，不過爲了阻止兩人接下來交流更多資訊後可能的穿幫，她趕忙插話：「讓我直接和他說。」

「劉律師，你也知道飯店死了人是無可逆轉的事實，我們不是想把事情鬧大，我只想提醒你，這死者如果是兇殺，將會比飯店因自身疏失而導致意外的結果好，相信你明白該怎麼做，才會對飯店的信譽有助益，希望你們能全力協助警方，我言盡於此。」杜紀簡直豁出去了。她再把電話交還給櫃台小姐。

櫃台小姐接回話筒，和律師又說了幾句後就收話，隨後從抽屜裡拿出一張門卡，「這是給打掃阿姨用的通用卡，這一張可以開所有的房門，所以拜託妳千萬不要走錯了，千萬不要闖入其他客人的房間裡。」

杜紀露出勝利的微笑，「當然。謝謝你們的合作。」

◎　◎

溫右青夫婦的房間在三樓，305，杜紀決定從這個房間搜查起。

她不敢浪費太多時間以免事有變故，所以她很快地戴上薄膠手套，拿了一些她認爲可疑或值得參考的物件：還留在桌上、喝得快完了的外帶咖啡、垃圾桶裡的垃圾，這類東西就算消失也不會引人注意。另外，取走私人物品的風險畢竟比較高，但要在現場一一看過也太費時，所以她用數位相機一一拍照，其中小青的雜記本和鄭皓平的隨身萬用手冊，她甚至一頁不漏地將內容全拍下來，其餘能拍的她也都不錯過，畢竟這機會難得。幸好意外發生前，每個相關的女性都在泡澡，所以都將隨身物和包包留在房間內，她自知絕對沒有再一次的機會可以檢視這些物品，所以拍照拍得巨細靡遺，連個人的貼身衣物等都入鏡存檔了。

接下來是吳式娟的207房，她一樣拿走所有垃圾，一樣把吳式娟的私人手冊或物品一一拍照。

接下來是莊琪梅的209房，雖然她覺得莊小姐沒多大可疑，可是依然用同等規格嚴謹對待。

最後是趙志豪的105房，依然毫不馬虎。

吃了安眠藥的亞亞此刻應該熟睡了吧？杜紀寧可錯殺一萬

地回到亞亞的房間，301，一樣地拿了垃圾，用相機拍了亞亞的筆記本內容，及所有隨身雜物衣服。

待一切都進行完畢後，天都要亮了，亞亞帶來的東西多到一個離奇的境界。

把東西都歸位原處後的杜紀打了個呵欠，本想收工回房睡覺的，可是當她回到自己房內，把五小袋垃圾以及一些蒐來的物品都塞進自己的行李，小心收藏後，還是決定立刻趕去醫院，不能錯過在黃金八小時內，替鄭皓平看個面相。

5．安眠

杜紀東躲西閃，如果沒必要，她不想貿然和鄭皓平打上照面，該死！哪裡可以偷到口罩？她眞的得遮一下自己的臉，免得嚇壞了鄭皓平，誤以爲自己的老婆死而復生了。

「妳在那裡鬼鬼祟祟地幹嘛？」

是尼歐！他居然沒有癱倒在某個長廊落魄扮活屍!?杜紀眞是驚訝。

「你……你才在這裡幹嘛？你不是該去潦倒、失魂、沒有人生目標嗎？」

「做過了。」尼歐簡單地回答，果然，仔細看的話，這男人的眼睛真有哭過的痕跡。

「我在找口罩，想遮一下臉，去偷看鄭皓平。」杜紀不忍心在此時和尼歐開玩笑。

尼歐突然走到護理站，開始和一位護士打情罵俏起來，沒多久就從小護士那裡拿到一個新口罩和一組手機號碼，這行徑實在讓杜紀都看呆了。

「他在地下樓的臨時停屍處，他的隔壁間停有另一具屍體，妳可以假裝是那位不知名死者的家屬。」尼歐把口罩遞給杜紀，「妳頭腦很清楚，還記得要遮面。」

「你也不差，很帥。」杜紀沒有曖昧的意思，純粹是讚賞他快速揮別淚水，用自己的專長去幫助他死去的女神。

多麼悲傷啊，用女神最討厭的專長，去幫助已死的女神……這是什麼樣的滋味！

「吳式娟和她的助理剛轉到７０１，是私人病房，還沒想到辦法前，暫且別過去。」尼歐交代完後，就轉身往電梯走去。

杜紀嘆了一口氣，假如溫右青還活著的話，她現在已經願意幫尼歐破壞她的婚姻了，安不安穩、長不長久，又如何？尼歐是眞心愛她的。

杜紀來到臨時停屍處，這並非醫院的太平間，而是一個提供給往生者家屬暫時停放大體的地方，在這個陰陽交會的時間，此處已經沒有人了，唯獨鄭皓平還坐在小青遺體旁。

幸虧尼歐有事先勘查過，杜紀毫不猶豫地走向小青隔壁的大體，一邊對著這個不認識的死者適度啜泣，一邊用餘光注意著鄭皓平。

鄭皓平可以說是面無表情，完全無法判讀的面無表情。

杜紀覺得一定要想辦法和他說說話，才有辦法從他身上捕捉到一些訊息。

如果自己哭得大聲淒厲一點，不知道鄭皓平是否會燃起憐憫之心？不太像，這男人不像是會管別人死活的人。他的心可能在很久以前，就已經死了至少一半。

「阿姊！妳爲什麼連一個相認的機會都不留給我！妳知不知道爸爸很想見妳一面！嗚嗚嗚……我來得太慢了啊，阿姊～」杜紀趴在自己眼前的這具屍體上痛哭，演得連孝女白琴都不是她的對手。自然、清新、眞誠，看過的人都會這樣評價。

杜紀緩緩掀開蓋在這具屍體上的黃色往生布，爲了演這齣戲，居然連一個不認識的往生者的臉都得去看，她眞的覺得自己對尼歐仁至義盡，專業又負責，「咦？怎麼不是我阿姊!?」

當然不是，那個死者是個八九十歲的老阿公。

「阿姊妳在哪？」杜紀爬起來，四處張望，往鄭皓平走去。照理說，她應該再多參考看看其他幾具大體的，不過她已失去勇氣，自行減去場次。

她猛然掀開蓋在溫右青臉部的布，快到讓鄭皓平都沒能來得及阻止，「阿姊！阿姊啊～」她趴在小青身邊痛哭。

「這位小姐，妳是不是認錯人了？我是這名死者的先生，我太太她沒有……」

「姊夫！我是右青來不及相認的妹妹啊！」杜紀拉下口罩，梨花帶雨地說。

鄭皓平一時說不出話來，要說杜紀亂認親的話，眼前這位女子確實有那麼幾分像小青，可是他從未聽小青說過她有手足。

「我姊從來不知道她親生的父親是誰，所以她當然不知道有我這個妹妹。但自從我爸在臨終之前告訴我，我有個同父異母的姊姊後，我就開始尋找姊姊的下落了，哪知道還是遲了一步！」杜紀又淚崩起來。

鄭皓平自然了解溫右青的出身，就像尼歐也知道的那樣，所以眼前這個小姨子，可信度不低，她講得出小青的名字和身世，連外表都有幾分雷同，他無法堅稱小青真的沒有妹妹。

「小青是昨晚才發生意外的，妳確實來遲了一步……抱歉，我也不知道小青在這世上竟然還有親人……」

「我也不知道姊姊已成家，請問姊夫貴姓大名？我叫杜紀，請問姊姊可有留後？」杜紀自然是不用變名，反正溫右青也不知道自己的生父姓什麼。

「我叫鄭皓平。我和小青在一起十年了，不過正式結婚只有五年，還來不及有喜訊，小青就……」鄭皓平眞的是個情緒控管極佳的人，杜紀覺得他的表現都還在正常範圍之內——假設他沒那麼愛溫右青的話，那麼他失去妻子的悲慟自然不會那麼深，眞的深了反而顯得有鬼。

鄭皓平是個難纏的角色啊。杜紀想。

不過，倘若一切都如假設一般，鄭皓平或許正慶幸自己又單身了？這樣他追求吳式娟就再無後顧之憂。

「姊夫，不知道你能不能暫時收留我一陣子？我從屛東來的，我在台北也無親無靠，可是我想留到至少辦完姊姊的後事……生不能重聚，死了我總該好好送姊姊一程……」杜紀又滴滴答答哭了起來。

「妳別太難過，我們也算是親人，讓妳送妳姊一程是應該的，我和妳姊在出事前正好在溫泉會館度假，我打算今天就提早退房回家，妳可以和我一起回去，暫時住我們家，直到辦完小青的後事。」鄭皓平再次展現濃淡合宜的悲傷度。

不入虎穴焉得虎子？杜紀自是要拚，況且鄭皓平的家裡說不定有更多蛛絲馬跡可查。

但是在那之前，她得想辦法去看看吳式娟的狀況和神情。

◎　◎

「妳瘋了！妳怎麼可以和鄭皓平回家？妳知不知道這樣很危險？萬一他是個兇手，妳……」尼歐不贊同地阻止著，雖然他誓言一定要抓出殺害小青的兇手，可是不代表他可以毫不猶豫地犧牲別的女人。

尼歐對女人都很體貼，這是他到處受歡迎的原因。杜紀也早就發覺。

「你別再說了，這件事我已經決定。你趕快去幫我弄套護士服來，我得混進去吳式娟的病房！我聽說她人已經清醒了。」

「杜紀小姐，很抱歉，我得宣布——妳被解雇了。」尼歐冷冷地說，「事實上這一切有可能都是我的幻想，小青並沒有被謀殺，一切都是巧合的意外。」

「不是意外！你沒有幻想，小青的事故確實是一樁巧妙安排的謀殺！如果能讓法醫解剖屍體你就會知道，她死之前被人下了安眠藥！這就是為什麼她會在湯屋裡閉目養神，又為什麼她對有人去關窗的反應慢了半拍，也是為什麼她會輕易跌倒，因為藥效那時已發作了！」

「妳不要為了錢編織這些情節，我欠妳多少，妳開個價就是了。」

「五億。如果你覺得你的小青有價的話。」

「那不是小青的價格，而妳的謊言憑什麼值五億？」

「憑這個！」杜紀把手機丟給尼歐，螢幕上秀出的照片正是垃圾桶裡的安眠藥單顆鋁箔包裝，以及一個沾有口紅印的外帶咖啡杯，「這是我潛入溫右青的房間偷拍的，杯子我已經收藏好了，裡面還有一些殘餘咖啡，我敢說，拿去化驗就會知道咖啡裡是不是攙了安眠藥。一般人如果是自己吞安眠藥，杯裡應該驗不出安眠藥的蹤跡，而如果驗得出，就表示藥是被人溶入咖啡裡，而不是她自覺地服用下去，而這杯子有口紅印，不會是鄭皓平用過的杯子。」

「妳是瘋子……妳是怎麼進入他們的房間的？」

「現在沒時間和你解釋那麼多，反正我就是進入過每個人的房裡了，也蒐集了不少資訊，而我現在需要一套護士服，你若不能幫我，我就只好自己去偷。」

尼歐這次犧牲更大，他把一名護士引誘到一張空病床上剝衣，看來一場肉搏戰是免不了了。這年頭不只人正眞好，人帥也很好，雖然這次尼歐挑的對象顯然是比較寂寞難耐型的，他對女人有某種專業嗅覺，對方不能說是很可口，但尙且堪用。

杜紀壓低身子匍匐前進，偷偷溜進去拿尼歐特意丟在地上的護士服，然後又悄悄退出，趕忙閃進女廁更衣，她也沒忘記再次戴上口罩，從鏡中檢視自己，嗯，還挺像樣的。

她一刻都沒浪費，立刻衝上７０１。

吳式娟躺在病床上，看來又昏睡過去了，趙志豪坐在病床邊的椅子，上身趴在吳式娟床側睡覺，他的手握著她的，他身上除了皮夾外，似乎也沒帶什麼其他東西。看來他們不是演戲，是眞的有在交往，趙志豪也是慌忙中趕來醫院守著吳式娟，所以才沒帶什麼多餘的東西。莊琪梅也在此，在另一個病床上睡覺。

杜紀假裝調整點滴、記錄著自己也不知所云的鬼數據，同時悄悄地東看西摸，病房內毫無不該出現的東西。

趙志豪感覺到動靜，醒了過來。

「護士小姐，我女朋友沒事吧？」他揉著眼問。

「狀況穩定，不用擔心。」杜紀回答。

「那她可以出院了嗎？」

「應該很快，但要由醫生來評估，我沒辦法保證，晚一點醫生來巡房時，你再問他。」

「請問妳知道一起送來醫院的溫小姐，她的狀況……？」

「病人過往了。」杜紀冷靜地答著，但心中警報嗶嗶嗶地響了起來，他怎麼認識溫右青？「溫小姐是你朋友嗎？」

「喔，我們只是剛好住在同一個飯店，發生意外之前，我們有遇到還稍微聊了一下，我還買了杯咖啡請她喝，沒想到她會這麼不幸……」

外帶咖啡居然是趙志豪買的？

◎　◎

中遙：

時間改變了我們每個人，我想，我已經不是當初你喜歡的那個純良的我了。

雖然此刻我真希望，一切能夠倒轉重來……

我曾經以爲，只要我能再次讓皓平知道他的女神和我一樣敗壞，一樣不值得再回頭，這樣皓平就會再次意識到，歷史沒有必要重演，就會乖乖地再回到我們的家庭。所以我安排了一個朋友去接近吳式娟，我感覺他是吳式娟會喜歡的類型。

我這個朋友也沒意見，因爲女方是個能讓他少奮鬥十年的女強人，光是吳式娟的人脈就夠吸引他了。靠著我的一點點小小的幫助，他成功地吸引了吳式娟的目光，吳式娟也如我所料，漸漸又對皓平淡了下來。只是我沒料到，皓平這次會這麼不甘心。

皓平讓我害怕。

我也沒料到，我最終感到安全的，竟然是你的懷抱⋯⋯

我要趙志豪停止計劃，因爲我想成全皓平和吳式娟，反正趙志豪對吳式娟也不是眞心的。可是他不願意收手，他確實覺得吳式娟是個值得把握的對象。中遙，趙志豪不是善類，儘管我可以不去理會皓平和吳式娟和趙志豪的三角下場，只要把握我自己再一次的機會就好，可是我，我也想回到那個值得你喜愛的好女人，我也想在離開皓平之前，將一切復原……我不想傷害吳式娟，如果她選擇了皓平，我相信她會幸福；但她如果選擇了趙志豪，我將不敢想像結局……

我總覺得只有這樣做，我才能不負你的眞情意，我要做回那個你所知道的我！我不想在往後的日子裡，知道自己愧對了你心中的女神地位。

我不想瞧不起我自己！……

6．野玫瑰

「你的犧牲沒有白費，趙志豪確實在和吳式娟交往，而且神奇地，他也認識小青！」杜紀已經換回自己的衣服，她把護士服遞還給尼歐，「你聽小青提起過他嗎？」

尼歐其實沒有犧牲那麼大，在他成功剝除了小護士的制服後，他就停手道歉了，對方在難堪中還找不到衣服，狠狠搧了尼歐一個大耳光，尼歐還把自己的外衫給了對方，不過尼歐沒心情告訴杜紀這些細節，反正也不重要了。

「妳確定？我很難相信以我和小青的交情，她居然沒有告訴過我趙志豪這個人，如果她眞的認識他……」尼歐不是很難相信，他是壓根兒就不信。

「趙志豪自己說，出事前不久，他請小青喝咖啡，我估計就是我照片上拍到的那個外帶杯的咖啡，以小青的個性來判斷，我不認爲她會輕易接受初次認識的異性請的咖啡，除非這人她之前就認識。」

「她確實不會這麼輕易喝陌生人的咖啡，可是我不懂，她怎麼會沒和我提過趙志豪……」尼歐皺起眉心，「那安眠藥會是誰下的？趙志豪嗎？這可眞會大出我的意料！」

「很難說，那單顆的藥殼在小青房裡的垃圾桶，但小青和鄭皓平兩人的行李物品中，偏偏沒有任何安眠藥存在，事實上，所有人之中就只有亞亞有帶安眠藥。」

「亞—亞—？」尼歐眞是越來越不敢相信自己的耳朵。

「嗯，她帶了非常多的東西，包括保佑了她的氧氣瓶……而且我猜，小青會讓她老公之外的外人進入房間的，應該也只有女性。」

「但亞亞有什麼動機要害小青？」尼歐不解地問。

就你啊！難道看不出這女孩爲你癡迷？你知道她呼我巴掌的力道有多狠麼！杜紀在內心回答著，但不忍實際說出來，以免害尼歐悔恨，除非她已確定亞亞是兇手。

杜紀無法排除亞亞有可能發現小青才是尼歐的眞命女神，她也無法排除亞亞其實沒那麼笨。

甚至連吳式娟也還沒脫離嫌疑，如果她眞的已經滿足於和趙志豪的交往，那她根本沒必要來溫泉會館。

「喂，杜紀，妳不會自以爲正義地和亞亞講了什麼我和小青的事吧？」尼歐見杜紀久久不語，忍不住這樣猜測。

「你他……拜託喔！若不是看在你剛失去所愛的分上，我眞的會揍你一拳！亞亞是有問過我小青的身分，可是我沒笨到如實照答！我幾乎還掛保證地說你倆沒關係……你……你這個爛人！」杜紀氣得轉身就走，再不走人，她恐怕就要污穢人間了。

尼歐也沒追上來，他覺得杜紀這個人可以從頭到尾不老實——如果她想的話。

怎麼可能小青不和他提趙志豪？怎麼可能亞亞無端地仇視起無害的小青？杜紀這麼認眞查案是爲了什麼？是不是私下做了什麼有愧於他的事？

◎ ◎

杜紀很想睡，因為從昨早起床後到現在都沒沾枕，可是她得快點回到鄭皓平那裡，以免錯失和他一起回家的良機。

杜紀又氣又累，突然厭倦了女神們。

這些男人一個個是有什麼病啊？非得要供神？簡直累死人了。她覺悟自己才不想當誰心目中的女神。如果有誰愛她，那就最好張大眼睛看清楚，看清楚她也是會變老變醜變形，變得適合生存於世上的普通人，不是誰心中最美好的一刻影像延年永生，她活著，她是人，她不可能把自己活成一幅永不再改變的完美名畫，活成誰永恆的記憶。

當女神有什麼好的？不過就是個美麗又殘酷的標本。男人你懂這些嗎？

女人妳又懂這些嗎？何苦去追求這種不可能的任務，捨棄自在的人不當？

小青妳懂嗎？還是妳現在滿意了終於名副其實地穩居女神之位。如果是這樣，死亡對妳來說並不殘忍，而是得償所願。

可是我才不希望自己是嚴的女神，杜紀想著，她希望嚴愛她，拿她當一個普通世人，與時俱進地愛她。

那麼，她到底是在爲誰辛苦爲誰忙？杜紀忍不住自問，爲何不回家補眠、大睡一場，把這可厭的一切諸神都拋在腦後？她是在心疼什麼、憐惜什麼？

夢。因爲做夢也是人生的一部分。一個事實上還挺珍貴的部份。

她是不贊成人們永遠活在夢境中，可是人生也不能只有遍地狗屎而沒有一個好夢。

雪特。此刻她真想抽根菸。遙敬她舊生命裡的一刻少數美好的記憶。

從她十二歲那年父母雙亡後，靠著父親的一位至交的接濟，固然不至於飢寒交迫，可是她的人生從此失去了笑容。她每天放學後都在操場的一角流連，並不是伯父一家會虐待她，而是她自己沒有歸屬感，她失去了每天理所當然的溫馨美味的晚餐，失去了晚餐前要賴的幾顆甜甜的糖果……

可是有一天，生命又有了一點點改變，在她獨坐鞦韆面對圍牆哭泣時，眼前濛霧來去的某個空檔，她看見了一隻小手心盛著一顆巧克力，出現在她眼前。那是一顆包裝精美、從未見過的外國巧克力。

「姊姊，給妳糖，不要再哭了。」小男孩說。

不，那並非是什麼甜美的滋味，小男孩給她的是純黑巧克力，儘管包裝美麗罕見，滋味令人期待，但結果是，苦—死—了！

難吃到杜紀當場驚笑出來，甚至到現在想起來都還會笑。

後來小男孩也很老實地告訴她，是因爲他自己不喜歡黑巧克力，所以才給她的。

此後，每天小男孩都會把自己不喜歡的黑巧克力送給杜紀，直到杜紀從該校畢業離開。

難吃的巧克力並不是個多甜美的回憶，但它終止了杜紀的眼淚。而且每次只要想到巧克力可以難吃到那種令孩童夢碎的程度，杜紀還是會不自覺地對這個回憶上揚了嘴角，死屁孩，並不是什麼老天爺派來的天使或王子。

不過它還是個美好的回憶。一個她怎樣都不願刪去的重要回憶。

她沒有從此愛上黑巧克力，也沒有白馬王子可以喜歡，可是她還是忘不了那個苦得娛人的滋味。

或許是這樣，她才這麼願意爲尼歐的回憶盡力？她也算是有同理心？猛然回魂，杜紀發現自己不知何時，竟哼唱起〈野玫瑰〉。

男孩看見野玫瑰……

杜紀看見鄭皓平，她趕忙追往正在向醫院停車場走去的姊夫。

「姊夫，等等我。」

「喔，我剛剛找了妳一陣子，妳跑去哪兒了？殯儀館的人已經將小青的遺體載走了，告別式舉行之前，他們都會處理好一切流程，我是基督徒，本身是不拈香燒紙的，但如果妳有需要，妳可以跟著去……」

「不不不，我沒有宗教信仰，一切隨姊夫安排就是。」杜紀鬆了一口氣，儘管對鄭皓平自稱基督徒有所存疑，但她也慶幸自己不用去守靈摺蓮花那些。

「那我得先回飯店 check-out，然後才回家，妳……一起來嗎？」鄭皓平問。

「嗯，要麻煩姊夫暫時收留了。」

上了鄭皓平的車的杜紀，一開始還在想著要和姊夫聊什麼話題，不過很快這就不再是個問題了，傳了個訊息給尼歐，請他代爲仔細收好她的行李後，她就累得在鄭皓平的車上睡著了。

儘管一路上因車子顛震數次醒來，可是杜紀還是一次次地很快又被拉回夢鄉，直到車子終於完全安靜地停了下來，杜紀這才發現自己身處在一棟還算氣派的透天厝外。這個姊夫看來過得還不錯。

「喔，妳終於醒了，我正在猶豫要不要叫妳……我們到家了。」鄭皓平淡淡地說完，便起身去拿後車廂的行李，「對了，妳沒有行李嗎？換洗衣物什麼的？」

杜紀暗暗咒了一聲，並不是找不到藉口和姊夫交代，而是她確實需要換洗衣物吧？這一搞也不知會待多久。「呃，我沒料到這次會找到姊姊，原以爲自己很快就會回南部，所以……」

「妳說妳從屏東來，我也忘了問妳，妳是怎麼知道要找去那家醫院的？」鄭皓平似乎整個人都回神了，突然挑問起這些細節。

杜紀一時語塞，她根本還沒來得及好好編劇，情急之下，只好學電視上的歹戲拖棚招，先滴滴答答抽哭起來，如果能拖到進廣告就好了！「我……姊姊她……嗚～」

鄭皓平微微露出不耐煩的神色，看來他不是個體貼的人，他一定相當討厭女人哭。

「我其實這次是去保安宮求籤的，我聽人家說那裡很靈，所以想看看神明是否能給我個指示，要從什麼方向去找姊姊？結果我才拜完都還沒開始抽籤，就出現了一名男子拍著我的肩，說我之前向他買咖啡忘了付錢，我和他吵了很久說我沒買咖啡，這輩子連見也沒見過他，但是他堅稱當日下午才見過我，還說知道我投宿在溫泉會館，因爲我當時手上拿著會館供應的簡式地圖……」

「那個男的把妳誤認爲是向他買過咖啡的小青？」鄭皓平忍不住快轉杜紀的故事，疑惑解開就好，細節不是那麼重要。

「嗯，所以我就找到會館去，雖然不確定那個和我長得相似的人一定是姊姊，但畢竟勝過毫無目的地找，只是沒想到才抵達會館，那裡的人說姊姊已被送去醫院……」杜紀覺得自己這套說詞已經過關，反正當天下午小青並沒有和鄭皓平在一起，他不會知道這些事有沒有發生。

「我懂了。妳如果有需要，我猜小青也不會介意借妳幾件衣服穿……妳可以使用右邊那間客房，我有點累了，想先回房休息一下。」鄭皓平也是一夜沒睡了，入門後他疲憊地說。

「姊夫好好休息，不用招呼我，我一時也不需要什麼。」杜紀的靈魂開始摩拳擦掌，最好鄭皓平快點睡死躺平，她才能好好檢查這個家！

不過她還是謹慎地在客房靜坐了半小時後，才偷偷摸摸去到主臥室門口偷聽，確定裡面傳出微微鼾聲，這才開始行動。

杜紀一開始就把目標設定在電腦、手機和文件，幸好姊夫不是個窮人，所以這一切的重鎮自然是在窮人家可能沒有的書房。鄭家的書房雖然就在二樓主臥對面，但起碼還是有個走道之隔，為了怕萬一被抓包，杜紀甚至決定不關書房門，這樣如果被姊夫不小心撞見了，也顯得光明磊落些，她可以說自己只是想借個電腦上個網，即使姊夫不高興，也不至於過度疑心。

不過杜紀沒在電腦裡發現什麼可疑的線索或祕密。她轉移目標開始檢查抽屜，發現其中有一個上了鎖。

「人類其實很好猜不是嗎？自己都會主動把重要的物件特別標出來！我想我根本無須在其他地方費心，問題是，我要怎樣打開它？」杜紀喃喃自語，依照鄭皓平這種做人的邏輯，他應該是把抽屜鑰匙和家裡、車子的全圈在一起，而且就放在身邊，極有可能在褲袋裡……

「Blue who say and whose?」杜紀暗暗嗆英文（不入虎穴焉得虎子），決定進攻姊夫主臥房。

「姊夫那麼累，一定睡死了吧？拜託他最好是個好眠人……」杜紀慢慢地，一眠多一釐米地轉動主臥門把，連呼吸都不敢不靜音。

終於房門露出一個小縫了，聽得到鄭皓平的鼾聲雖然讓她感到安心，可是跟著她開的門縫一起擠進來的光線卻讓她慌了手腳，決斷一秒間，她立刻整個人快速閃進房內，並把門關上，把陽光趕出去。

「妳在幹嘛？」鄭皓平說。

「拿……拿衣服……」杜紀嚇得魂都從毛孔穿出飛離了。

沒錯吧？鄭皓平可是有說過她可以借穿小青的衣服，這理由完全不會太瞎吧？

她定格自己，默默等待鄭皓平的給分。

卻沒想到傳來的回應卻是一陣更有力的鼾聲。

他剛剛那是——夢話？

杜紀又在原地待了三分鐘，確定鄭皓平沒有後續的動作和發言後，才緩緩鬆了口氣。

嚇得老娘差點提早停經兼漏尿！她在心中暗咒。

Now，透過陽光在外叫囂但還搶攻不進來的窗簾阻撓，杜紀看到鄭氏只穿一條內褲躺在床上，這可以說是大震撼後的利多嗎？他不知是累，還是懶到連被子都沒攤開，一眼望去清清楚楚，小腹已長到像在叛逆的青少年階段，重點是，他的外衣外褲並無不棄嫌地圍繞在身邊，連地板上都不見蹤跡。

杜紀左右張望，發現此臥房配有浴室，她躡手躡腳地往那裡移去。

中了。鄭皓平居然把外褲留在他明顯坐過的馬桶前，還以人體結構的舊姿態遺愛人間，連襪子都還接在褲管底該連接的位置——杜紀突然好敬佩小青，她是怎麼忍受這種男性的？還是說，她根本就很欣賞這樣的親民作風？

接著杜紀雙眼掃到的，差點讓她情不自禁地呻吟出來，不，不是桶裝黃金或善液，是鄭皓平的手機！正躺在洗手台上。

而褲袋裡果然留有一串鑰匙

7・時光機

由於溫右青上無父母，下無子女，婚後又是個以照顧家庭爲主的全職太太，她的告別式冷清得連杜紀都有些不忍。杜紀猜想尼歐應該會很希望好好道別，所以她騙鄭皓平說，自己的男友尼歐也想來幫忙，並且參加告別式。

「你千萬別給我哭出來！男子漢眼淚往肚裡吞是基本配備。」杜紀忍不住悄聲叮囑一臉落寞的尼歐。

然而事情總是一波未平一波又起，鄭皓平和葬儀社的人講完話後，向杜紀走來。

「我終於想起，妳的男朋友爲什麼這麼面熟了，我見過他，在溫泉會館的交誼廳。」鄭皓平試探地問，他早就有些起疑了，如果一切眞如杜紀所言，她是在事發當日下午才得知自己的姊姊可能投宿在溫泉會館，那麼這名「男朋友」保證是更早就在會館裡徘徊。

「原來你們兩位早已見過？世界眞小啊。尼歐當然得在會館裡啊，他是在那裡工作的廚師。」杜紀毫不猶豫地扯謊。

「他在那裡工作？那你們……」鄭皓平輪流指了指兩人，像在點兵。

「我們是遠距離戀愛。我猜尼歐一定沒在會館遇見過小青，要不然他一定早就通知我了，他也知道我一直在找我姊……」

「我以爲妳在台北無親無靠……喔不要誤會，我並沒有不歡迎妳住我家……」鄭皓平的疑惑似乎解開，也似乎沒有。尼歐當時來搭訕時說過什麼？好像和女朋友有關？可惜他記憶力沒那麼好，他想不起來尼歐當時究竟說了些什麼。

「你這小姨子很堅貞，連親一下都要哇哇叫，根本不可能會考慮和我同住。」尼歐故意來摟杜紀的腰，杜紀直覺反應地踹開他。

「看吧——這女人是古代來的。不過，今晚她就要回南部了，所以，也是時候該向姊夫道別了。」尼歐故意這麼說，他覺得杜紀不該再繼續住在鄭皓平的屋簷下。

鄭皓平面對這樣的打情罵俏，尷尬地咳了一聲，「時間也差不多了，我們得出發去火葬場了……」

「這女人由我載，讓我們爭取最後的一點相聚時間。」尼歐再次搭住杜紀的肩，把她扣定在自己的掌力中。「我會好好跟著葬儀社的車，不用擔心。」

「別查了。」尼歐緊握著方向盤，對杜紀說。

「這已經不是你能決定的事了，這是兇殺案，我現在就要打一一〇報案。」杜紀在包包裡找尋自己的手機。「我們最好趕快阻止火化的進行！鄭皓平幫溫右青買了高額意外險……」

尼歐伸出一隻手去握住杜紀剛撈出來的手機，「別打。」

「你到底是怎麼回事？爲什麼……」

「因爲小青不是他殺的！」尼歐阻斷了杜紀的憤怒。

「你到現在還相信這是一場意外？我在鄭皓平家裡發現很多線索，除了高額意外險，還有他和吳……」

「不論妳查到什麼，那都只是……巧合。」

「你已經失心瘋了。」杜紀搖搖頭，再次拿起自己的手機，準備撥打一一〇。

但尼歐一把搶走她手上的電話，直接往後座丟去，「妳是夫唱婦隨，感染到嚴那愛報警的病是不是？」

杜紀抓狂起來，解開身上的安全帶，開始向後攀爬。

尼歐一掌把她推回原座，緊急向路邊駛去，停車。

「我本來不想給妳看的，不過與其讓小青的名聲在世人面前毀掉，那不如只在不重要的妳的心中毀去！」尼歐從自己包包裡抽出一台平板電腦，丟給杜紀。

「按醒它就看得到了，妳只許看這篇。」尼歐冷淡地說，又重新打方向燈回到車流中。

中遙：

我錯了……

原來我並不是重新愛上你，我只是以現在的三十五歲之姿，莫名其妙地突然搭上了時光機，回到十幾年前，再次愛上當年那個二十五的林中遙，回味我們的舊時光。

經歷了這麼多的，三十五歲的我，已經更能珍惜你二十五歲時的心意，三十五歲的我，終於知道了要好好感謝二十五歲時的你，也希望你能原諒二十三歲時的我的幼稚和不成熟所造成的傷害……

可是那一段已經確確實實地過去了，如同有人曾說過的，「昨天的太陽，曬不乾今日的衣裳」。我終於理解，你是一段美好且值得珍惜的過去，但我的現在，只有皓平，雖然他已經不再愛我了。

好奇怪，在這一年我們都突然有了搭上時光機的機會。可惜的是，皓平的旅程的結果和我的不一樣，他和他錯過的過去，連結了。

我不甘心！

他怎麼可以輕易就拋棄我們的家？他怎麼可以這樣就忘記我們共同建立的一切，互相扶持走過的這些年？可是我搖不醒他，他想去追他年少時的舊夢，不願回來。

是時候該了斷一切了，我要照計劃進行，哪怕會是玉石俱焚，我累了，好累好累了，已經不在乎了……

「這什麼？我是看到了什麼不該看的東西？」杜紀芃然地望向尼歐。

「小青寫給我，卻從沒寄出的一封信。她所謂的計劃，有寫在更早的信中，她早就知道那家溫泉會館曾出過死亡意外，而且也是她自己要求鄭皓平要把吳式娟一同邀去，這場溫泉之旅，從一開始就是小青設的死亡陷阱，目的是要除掉吳式娟。而吳式娟本來不願意去，因爲她早已中了小青的另一個圈套，開始對趙志豪動情，我猜大概就是這樣，吳式娟才會帶了助理同往，甚至又約了趙志豪。」

「你的意思是，趙志豪是小青安排去接近吳式娟的？」

「雖然他後來已經不太受小青指使了。趙志豪基於個人野心，認爲吳式娟是隻肥羊，所以後來拒絕聽從小青的意思，不願放手。」

尼歐感嘆地想著，曾有那麼一刻，小青確實再次對自己動情了，因而想成全鄭皓平與吳式娟，踢走趙志豪的……可是爲什麼她後來又改變了心意？……是他做錯了什麼嗎？

「那好，既然小青的美男計已經成功，吳式娟也不再和鄭皓平糾纏，那她還有什麼理由要拿命去陪吳式娟？就靜靜等著老公回頭不就好了？」杜紀抓出疑點，「況且小青死前還警告大家快把窗戶打開！如果她計劃要和吳式娟一起死，又何必叫嚷？」

「問題不就出在這笨蛋還深深愛著鄭皓平！她是把吳式娟打退了，可是鄭皓平的心並沒因此回來，接下來，絕望的她還能做什麼？不就是只能把吳式娟從這世界上消失掉？」尼歐痛苦地說。

他終究還是輸了，輸給鄭皓平了。

「那臨死前出言警告呢？還有那杯加了安眠藥的咖啡，你又怎麼解釋？」杜紀問。

「我是無法解釋，但如果這場意外不是小青自己安排的，妳又怎麼解釋她文章裡詳載的計劃？而結果都是按照她的計劃呈現的，除了吳式娟命大沒死之外……」

「你是怎樣看到她的信的？她不是沒寄出？如果這樣你都能看得到，別人就不能嗎？」

「別忘了我是駭客啊，那些信，其實算是小青的網路日記吧，每篇都加了密碼鎖，只有後面幾篇才以給我的署名做開頭。還有，就我所知，我們這些人之中，並無另一個駭客存在。」

「尼歐，請你讓我也看看小青的日記！我覺得事有蹊蹺，事實的結果是，小青是這起事件中唯一的死者，而每個人都有殺她的動機——她老公爲了保險理賠和除掉障礙；吳式娟則可能基於某種情結想報復；趙志豪則或許被小青威脅著說，她要向吳式娟坦白一切……」

「鄭皓平不是混得還不錯嗎？妳爲何一直提起保險的事？」

尼歐雖然有些心不在焉，還是注意到這一再被提及的關鍵字。

「他過去是混得不錯！但這一兩年的錯誤投資和決策，事實上已經讓他走到周轉窘迫的地步，我相信他沒有告訴任何人，不論是小青或吳式娟，事實上，我甚至覺得他急著想要求表現，好讓吳式娟對他的能力刮目相看，這是我這幾天在他家發現的祕密。保險理賠能緩解他資金周轉的困境，小青的死更能讓他無後顧之憂地追求吳式娟，很一舉兩得不是嗎？」杜紀說。

尼歐耐心地重複著那個無法解釋的癥結，「狀況怎樣都會回到原點，妳怎麼解釋一切計劃是小青本人做的？」

「網路日記又不是親筆手寫，你又怎麼證明，那些內容全是小青寫的？每一篇、每一句？」杜紀挑釁地問。

尼歐想了好一陣子，雖然他自認爲，自己應該會認得小青的筆調風格，內心深處他自然也不希望小青長成惡魔……她會殺人嗎？那不是他認識的溫右青。可是誰又會有小青的部落格密碼？若有人在自己的部落格添加或竄改一些文章，小青難道都沒發現？

不過身爲駭客的尼歐，確實對網路的安全性沒有那麼信任，至少那個信任度絕不會高過他對小青的信任。

「妳爲什麼不早一點以死者家屬的身分反對火葬？」

「萬一姊夫要我分擔喪葬費，我找誰要去？幾分鐘前還堅持這案不須再查的你嗎？」

◎　◎

小青的葬禮已經是三週前的事了，他們終究沒能找出正當理由阻止火化的進行。

杜紀心想，也幸好沒去阻止。因爲在尼歐金援下，咖啡杯送去檢驗後的報告回來了，結果實在讓她跌破眼鏡——咖啡裡確實有安眠藥，問題出在，在鄭皓平夫妻的房間中的咖啡杯，其杯緣唇印的DNA是吳式娟的！而且該杯除了她的DNA之外，並沒有別人的。

這不就落實了小青依計劃行事的可能？杜紀簡直煩到快爆了，爲什麼吳式娟喝過的咖啡會出現在鄭皓平夫妻的房裡？又是誰下的安眠藥？

吳式娟既然安然無恙，這個「證據」也就不足以證明犯罪，更何況，萬一是小青對吳式娟下的藥……只是杜紀還是不明白，如果小青眞要和吳式娟同歸於盡，她又何必在最後一刻出言警告，要大家快開窗求生？她眞的會在意拖兩個不相干的旁人下水嗎？一個絕望到想殺人的人，眞的會在意沒有什麼交情的另外兩條人命嗎？

還是，兇手是鄭皓平？他不但心想著小青的保險理賠，同時也對自己的女神再次愛上別人而失望，所以可能知道小青部落格的密碼的他，編寫了一篇文章放上去，故意栽贓嫁禍給小青？這招很高，但杜紀還是覺得有哪裡不對勁。

除了部落格主小青應該會發現之外，鄭皓平挽救事業再創高峰也需要觀眾，而最佳的觀眾將會是他的女神吳式娟，他應該不會要她死。吳式娟若死了，鄭皓平的一切掙扎或成就，還有什麼意義？……

「那個姓吳的歐巴桑和妳姊夫一起上過婦產科喔！」

突然間傳來的這句話，把杜紀從好幾里外的世界拉回現實。

「什麼？妳剛剛說啥？」杜紀瞇著眼問。

8．嫉妒

「姑姑不是要我去和那個老吳做朋友，請教愛情嗎？結果妳都沒問我心得耶！」亞亞嘟著嘴說。

亞亞今天原本是特地來找杜紀算命的，因爲尼歐已經好一陣子都不太理會她了，只是她完全沒料到，這位仙姑失魂的程度也和她的寶貝不相上下，竟完全當她是空氣！

姑姑才剛失去一個親人，她的狀態或可理解，不過，尼歐到底是怎樣？她眞的很想向仙姑問個明白！

可是杜紀似乎沉浸在自己的世界裡，都沒聽到她在說什麼，她只好開始亂說話，終於，也算說到一句讓仙姑有反應的通關語了。

「所以吳小姐告訴妳，她和我姊夫去婦產科？什麼時候的事？她爲什麼要去婦產科？」杜紀急著想把事情弄明白，但她也自知剛才對亞亞很無視。

「那我的寶貝是……？」亞亞也不是笨蛋，如果她現在就把一切告訴杜紀，那她的問題可能又會再次被當成耳邊風。

「聽著，我姊年輕時有一個男朋友，那個人和尼歐是好兄弟，這也是尼歐會認識我姊的原因，然後有一次尼歐在警察局遇到我，他誤認爲我是我姊，這是我會和尼歐認識的原因，從那時起，他就懷疑我倆是姊妹，不過我對我父親的不忠很矮油，我一直不肯讓尼歐撮合，認這個親……」

「寶貝爲什麼要那麼關心妳姊姊？難道他一直暗戀他兄弟

的女友？」亞亞忍不住插話。

「因爲他這位最好的兄弟，得肺癌死了，臨死前，他拜託尼歐要照顧他那位無依無靠的女友！這樣妳還不懂嗎？尼歐眞的過分照顧了我姊嗎？沒有！他並沒有把我姊收編成自己的女友，他還一直煩我認親，顯然他只是要實踐對兄弟的承諾而已。」杜紀說得連自己都信了。

「那寶貝幹嘛這幾天都魂不守舍的？他已經做到對兄弟的承諾了啊，妳姊死掉又不是他的錯，況且他的好兄弟搞不好很開心能在陰間再和他女友重聚，這樣不是應該沒有遺憾了？寶貝幹嘛還一副要死不活的樣子？」亞亞其實不是很相信杜紀這套說詞，女人的直覺告訴她，尼歐的悶悶不樂，和溫右青的死亡有關。

「是我要他閉關、幫忙祈福的。」杜紀嘆了口氣說，事到如今，還是怪力亂神最能攻分得點。

「爲……爲什麼……？妳爲什麼要……？」亞亞也又半顆心被說動了。

「妳以爲人死了，到陰間自然就會見到故人？錯！我姊死前已經結婚了，她是鄭家的鬼，怎麼可以回去找未婚時的舊男友？當然不行！尼歐是這對愛侶在世的唯一牽連者，他當然要盡力爲他兄弟祈福，才有讓兩人相聚的可能……連我都沒辦法，因爲我並不認識我姊的舊男友。」

「眞的是這樣嗎？可是……可是……中遙……」亞亞不知爲什麼，似乎一直有個關卡過不去。

「別多想了，妳趕快告訴我吳小姐到底說了什麼吧？這件事若早點解決，說不定尼歐就會跟著回神了！」杜紀催促著，她等不及要知道吳式娟爲何會和鄭皓平去看婦產科。

「解決什麼事啊？」亞亞問，「還有什麼事要解決？」

杜紀愣了一下，隨即反應過來，她猜亞亞八成也認定溫泉事件是個意外吧？除了她和尼歐，自然不會有別人覺得此事尚未了結。

「是這樣的，我和尼歐都覺得溫泉會館的事，不是意外，是謀殺。所以在調查誰是兇手。」杜紀說，「妳快告訴我，吳小姐和妳說了什麼。」

「妳？那你們該不會以爲，那個歐巴桑是兇手吧？寶貝難道也這樣以爲嗎？」亞亞的神情愈來愈狐疑，似乎今天的一切她都聽不懂。

「我們並不是認定吳小姐就是兇手，」杜紀又嘆了口氣，怎麼這個妞今天這麼難對話！應該要叫尼歐對她好一些，才不會讓亞亞爲愛神傷、如此難纏，「我們只是要釐清相關線索……」

「喔……好像是還在溫泉會館的第一天，我也不太記得日期了，」亞亞又彆扭了一下，這才不情願地說了起來，「只記得應該是發生在姑姑要我去和她做朋友之前，我看到她……呃，裙子上沾到血，所以就上前提醒她，還給她我的小衛建先生，就是……衛生棉啦，結果她臉色很慘白，要我幫她 call 她助理，可是她助理當時電話打不通，所以那個歐巴桑只好請我扶她回房，到了她房間後，我看她拿了衛生棉條和衣服進去廁所處理，我本來都要走了，哪知道她又在廁所昏摔過去！發出好大的一聲『砰』喔！我只好又衝進廁所扶她，她後來才告訴我，她之前的流產好像沒處理好，我實在很怕，也不知道要怎麼處理，所以就提議說，要去幫她找她老公或男朋友過來，她點點頭，要我從她的手機上 call 一個姓鄭的，我等在那裡，一直到看到人來了才走，事後比對知道那是妳姊夫，總之，妳姊夫就說要帶她去婦產科……」

杜紀傻眼了。吳式娟不是已經和姓趙的交往了？為什麼會找上鄭皓平來幫忙？難道吳式娟流產掉的，是鄭皓平的小孩？

再仔細想想，卻也不是無跡可尋。杜紀從鄭皓平手機上看到的他和吳式娟的傳訊中，兩個人之前似乎為了某件事爭吵，而那似乎也是導致兩人決裂的主因，拼圖如果湊起來的話，應該是鄭皓平無法應吳式娟的要求，在某一時間內斷然處置他和小青的婚姻，吳式娟心生不滿而導致流產意外，隨後趙志豪出現，心寒的吳式娟便移情別戀？……

「那妳還有看到或聽到什麼嗎？」杜紀問亞亞。

「妳姊夫說……為什麼不多給他一點時間之類的。坦白說，我事後想起這些事，對那個歐巴桑很刮目相看耶，我知道那個男的是妳姊姊的老公，可是我也發現，那個歐巴桑好像另有一個男伴喔，我眞沒料到她會周旋在兩個男的之間，難怪妳會要我向她請教愛情！」亞亞說，「還有一件事，我也很掛心……」

「什麼事？」

「我其實也看到妳姊姊和我寶貝在一起，兩個人好像有說有笑的……」亞亞用詢問的眼神看著杜紀。

「妳也知道了，也親眼看到了我姊夫的不忠，其實我姊也知道她老公出問題，而尼歐只是以一個舊友的身分，在安慰我姊而已。」

「姑姑啊，我明白那是妳姊，妳難免要幫她說話，可是我總覺得他們倆的關係並不是那麼尋常！我都快苦惱死了，難道妳就不能老實告訴我，他們之間究竟是怎樣了嗎？」亞亞哀求著。

「若不是尼歐，相信我，我絕對不會想要認這個姊姊的！我和她的感情還不如和妳深，我幹嘛要站在她那邊幫她說話？」這回杜紀也算說了點實話，「況且她人都死了，妳還擔心什麼啊？不管怎樣，她都不再是妳的威脅，聽姑姑的話，忘記過去、努力向前吧。」

亞亞想了想，再次嘟起嘴，「也是啦……只是寶貝不知道什麼時候才要恢復正常……」亞亞話說到一半，突然瞪大雙眼看著人生命相館的門口，有個送貨員抱著一大束花，卻擠不進門來。

「杜小姐，簽收……」送貨員無奈地在門口喊著。

杜紀笑得花枝亂顫，向門口迎來，「今天是百合花呵，像平常一樣幫我分批拿進來，然後來喝杯茶吧。」

「可惡！送貨員和妳交情這麼好了嗎？看來我以後不能再送花了！」

杜紀睜大眼睛不敢相信，「嚴！你怎麼跑回來了？你怎麼穿成這樣！」

穿著花店制服的嚴，將杜紀一把拉進懷裡緊抱，「想妳。」

亞亞在一旁都看呆了，難怪仙姑一點都不需要威廉先生，也一點都沒被寶貝吸引到。這個嚴，確實是個無話可說的超級大帥哥，只是她自己偏愛寶貝那一款浪子型。

嚴和杜紀抱得天長地久，甚至還熱吻了起來，亞亞本想悄悄離去，奈何卻被嚴帶來的花海堵在大門前，只好又再次退回來，站在一旁大方地看著這對愛侶放閃。也許仙姑才是她該學習的對象，亞亞想。

大概又過了一輩子那麼長，兩人才終於鬆開喘息。

「咳，我還以爲我就要坐化在此了……」亞亞說。

「這位小姐，妳可以從窗戶出去了。」嚴說完，直接抱起杜紀往屋後走。

「你們！你們這是什麼待客之道啊！」亞亞很快又發現自己再次和空氣說話。

「以爲我這種身分該爬窗嗎？哼！看我敢不敢把你們的花當地毯踩！」

不過亞亞很快看到，嚴不只是帶花堵在門口而已，他開來的車，緊跟著堵在花海之後。

亞亞眞不敢相信，自己確實只能選擇爬窗離開，還劈破了裙子。

「可惡的仙姑！可惡的寶貝！爲什麼我要被人這樣對待！……寶貝！你怎麼可以這樣對我？讓我一個人，衣不蔽體地在街上走……寶貝！你在哪裡……」亞亞忍不住哭了起來。

雖然親眼見到了杜紀傳說中的男朋友讓她很安心，這證實了尼歐和杜紀之間確實沒什麼，可是看到嚴對杜紀的好，也讓她悲從中來，爲什麼她的寶貝變了？不像以前一樣那麼熱中於自己？

又爲什麼嚴可以把那麼大的廂型車開進來，而她的司機卻要停得那麼遠……

◎　◎

「妳是說，尼歐的女神死了？」嚴問。

「嗯，第一次看到他這樣消沉……好像他的人生已經了無生趣了……」杜紀躺在床上慵懶地說，她此刻並不想談公事，只想好好睡一覺，畢竟剛演完兩輪動作片，讓她覺得有些疲累。她多希望自己還是體力旺盛的二十歲。

「女神啊……難怪他會過不去……」嚴說。

「這麼感同身受？你不會也有個女神吧？」杜紀猛然酸問。

嚴沒有回答，只是笑著搖頭。

「是誰？」儘管體能已三十，嫉妒心卻沒老半分，杜紀跳起來掐著嚴的脖子，「給我從實招來！」

杜紀還以為嚴會淡然地說沒什麼，沒想到這傢伙居然還露出一個青澀的微笑，回味地看著遠方說，「也算不上是女神啦，只是我剛上小學時，偷偷喜歡的一個仙女，她一哭啊，就好像夜空中的星星都開始掉落了……」

「去你——馬的！你還給我假文青——！滾下我的床！」

杜紀真的火了，雖然內心深處她也還有一絲理智知道，那些只是孩提時的往事，可是她還是忍不住提腿一踹。

至少不該在這種時候對我講出這種話吧！她想，死白目。

嚴輕輕地抓住她踢過來的腿，毫無警覺地繼續說，「其實，妳讓我想起了她，妳們的眼睛都住著星……」

嚴話還沒說完，已經被大聲哭號的杜紀衝來一陣亂打了。

杜紀現在不只想打人，她還想殺人。

9・錯過

誰能想到，本該是個很羅曼蒂克的驚喜，結果卻鬧得如此下場。

嚴並不是遇假回台，他單純只爲了見杜紀一面，才特地飛回台灣，他馬上就又得趕回機場飛美國。不過這次杜紀沒去送他。

在嚴意識到自己闖了大禍後，一切已經來不及了，無論他怎麼和杜紀解釋，試圖安撫，杜紀完全不聽，也不買帳。

而讓杜紀耿耿於懷的是，先是尼歐有個女神像她，沒想到，連嚴也有個像她的仙女！怎麼？她就只能淪爲別人的影子嗎？杜紀氣到哭出來。最讓她介意的是：她有那麼大眾臉嗎？

杜紀打累了，就低頭緊閉雙眼地痛哭。

而嚴也不知道自己還能做什麼，但他知道，更多親密的舉止只會讓杜紀更痛恨。

他很後悔自己的粗心，有哪種禽獸會在剛和心愛的女人溫存完，便去快樂地提起一個自己曾暗戀的女孩？

他覺得杜紀氣得有理，只是他不知道該如何挽救。

那個記憶中的仙女，一點也沒杜紀重要，可是他曾止住了仙女的淚，卻止不住自己心愛女人的淚。

嚴懊悔到絕望的程度。

她甚至緊閉自己的雙眼！嚴坐在候機室心痛地回想著這一幕。她不要我從她眼中看到那女孩的雙眼！

啪的一聲，砧板上一條豬腿應聲而斷，杜紀舉起大菜刀，繼續剁下第二刀、第三刀……

「喂，算命的，妳該不會生意不好，想來搶我的豬肉攤吧？」豬肉榮叼著菸在一旁納涼地說。

「我像殺豬的嗎!?」杜紀抖著菜刀說，「只不過是今天吃太飽，力氣多到無處去，你豬肉借剁一下是會死喔？」

「我看妳氣勢實在是……『好胸』，陰天戴墨鏡，還砍得這麼快狠準，難免有點擔心，畢竟妳若來賣豬肉，一定很快晉升爲豬肉界的林志玲……」豬肉榮其實偷瞄著杜紀晃動的胸很久了。

杜紀一把將菜刀殺入砧板內，「好吧，也夠了，不過你給我聽好了，本小姐今天超想砍人的，所以挖出你的雙眼也不過是小菜一碟，你最好不要惹我！」

豬肉榮心虛地拿起一旁的髒抹布來擦汗，「我已經有妻小了，不敢怎樣啦……」他低聲下氣地說，但杜紀早就揚長而去了。

殺人或許也沒那麼難，杜紀邊走邊想著，連她都有殺人的衝動。

一個人只要不小心讓自己失控了，或是讓情緒氾濫成災了，殺，也不過是瞬間的盲勇就能完成的事，那甚至說不上是勇氣，就只是某種很短暫不可控制的怒氣。

現在想起來，她也沒那麼恨嚴了。她自己都告訴亞亞，過去的事已經過去了，根本沒必要介懷，結果呢？自己居然爲了一個小男孩的兒時仙女，打了對方！也不冷靜想想下一個桃花是否還有機會開，居然只爲了這麼丁點小事，就趕走一個天下最棒的男人！

杜紀痛恨自己有病。

就把心思投入工作吧，她嘆了口氣想。是該去找吳式娟聊聊了。

還有，等嚴回到美國後，打個電話向他道歉吧……這世界誰不像誰呢？不都兩個眼睛一個嘴？她如果不介意自己像小青——尼歐的女神，又幹嘛要介意自己像嚴的仙女呢？怎麼會給尼歐的空間高過於給自己的情人呢？況且，搞不好就是因爲像嚴的「雨夜花」，她這個老女人才有機會吃到這種等級的天鵝肉啊！她怎麼如此不會想呢……

杜紀忍不住又哭了起來，誰沒過去？不就是過去種種才形成今日的嚴？她怎麼可以愛上今日的他、卻又拒絕接受造就他的過去！她怎麼可以這麼矛盾、想不開！明明小青和尼歐的故事才上演沒多久，明明她清楚地看見小青因無法接受尼歐的情史所造成的悲劇，怎麼同樣的事發生在自己身上，也一樣是那麼當局者迷！

「嚴——！」杜紀忍不住在大街上蹲坐下來哭吼，她好想他，好想好想，就算是聽他細說他那朵雨夜花的往事都好！為什麼那個短暫的自己，非得要在當時那樣阻撓自己長久的幸福呢？她恨自己。

「嚴——！」

突然間，一雙手從杜紀身後繞過來，緊緊地環抱著她。

「別哭！小紀，對不起！……」

杜紀低頭看到嚴的手圍繞著自己，那是嚴的手無誤，她又哭了出來，她的嚴為她回來了。她的嚴在她身邊，而不是雨夜花身邊！這才是最重要的，不是嗎？她杜紀，才是個勝利者。

嚴選的勝利者啊。

嚴緩緩地將杜紀拉轉過身來，看到她臉上的墨鏡，又教他一陣心疼。

他輕輕摘下她的眼鏡，結果更是慘不忍睹，一片紅腫。

但是他們兩個都笑了。

「你錯過飛機了……」杜紀抹著眼淚說。

「但我不能錯過妳。」嚴回答。

「對不起，我不該那麼幼稚，那不是你的錯，那是你人生的一個美好回憶……請你繼續保留它，我要你被許許多多的美好回憶圍繞著！」杜紀覺悟地喜極而泣。

「而我要妳佔據我往後所有的記憶！小紀……」

嚴陪了杜紀一整晚，改搭今日一大早的班機走了，他不要杜紀去送機，他要她好好睡一覺。

◎　◎

杜紀心滿意足地睡到自然醒，雖然她也想去送嚴，可是她確實貪圖享受著嚴的體貼，被人寵愛的滋味眞是好。尤其是一個已經被人調教過了的有經驗的男人，看來她眞的不該在意雨夜花，如果不是那些鶯鶯燕燕，哪來今日這麼棒的嚴？相反地，那些「經驗增值器們」才可憐吧？努力地教出了一個終究不屬於她們的男人！杜紀覺得自己好幸運。前人種樹後人乘涼哪，她何必搶著當種樹的園丁？想通了，不就是這樣！

杜紀又在床上滾賴了好久，才懶懶地起床、準備出門。在嚴的悉心照料下，她雙眼的紅腫早已不見蹤影，甚至還盛滿了星星。

今天她要去見吳式娟——另一個男人的女神。

杜紀用的又是同一個身分：溫右青的妹妹。

吳式娟倒也沒浪費一點生命，直接切入重點。

「對於妳姊姊的不幸，我感到很抱歉，老實說，我有私人因素無法當她是個好人，但若不是她最後喊了要我們開窗，我很清楚，我今天也沒命坐在這裡……」吳式娟感慨地說。

「不知道是什麼私人因素，妳會對我姊姊……？」

「我這兩天才知道，趙志豪——我本來視爲男朋友的人，居然是妳姊派來的！呵！雖然人家都說死者爲大，最好不要講死人的壞話，可是妳知道妳姊生前的作爲，帶給我的傷害有多大嗎！她怎麼可以這樣操弄別人的感情？怎麼可以！……」

「那妳又爲何要破壞她的家庭?妳這樣做，就不傷害她嗎?」杜紀的語氣平緩，沒有責備，只是提問。

「抱歉，我只是相信了她老公的謊言，鄭皓平打從一開始就告訴我，他們夫妻倆已經走到離異的地步了，我雖然知道男人不可輕信，但是我心中又覺得他應該不同。我知道他從學生時代就一直喜歡著我，在我的判斷裡，就算他只是在對我說謊，溫右青也是出局了。」吳式娟露出一個「不是嗎」的聳肩。

「既然如此，妳又爲何棄鄭皓平而去?難道妳只想當壓垮這個婚姻的最後一根稻草，然後一走了之?這就是妳對待一個長期仰慕者的方式?」

「不是的……」吳式娟嘆了口氣。「記憶是一種很怪的東西，在十多年後，當皓平再次出現在我生命中的那一刻，我所記得的他，都是美好的!雖然我以前沒和他在一起過，但在我過去的印象裡，他一直是以一個可靠的knight的形象存在的，我是在這種去蕪存菁的記憶下，才終於和他相戀的……

「但是當我後來發現，皓平沒有積極地處理他的離婚，這個點，意外地牽動了我其他的舊記憶——那些我幾乎要遺忘了的小細節。我想起十幾年前，我並不是從沒給過皓平機會，在我曾經很落寞失意時，雖然也不是真的愛上了他，但我是給過他機會的，一個救我、愛我的機會，可是他逃了，我不知道是什麼理由，在那一刻，他逃了。

「我當年沒把這件事放在心上，畢竟我自己那時候也只是……可是在十幾年後，我們真正交往的今天，他在離婚的事情上拖拖拉拉，終於讓我回想起，其實一切都沒變，他總是在我最需要他時，逃了……」

吳式娟又嘆了一口氣，「『失憶』的代價還真是大，如果我一直記得當年給過他機會這件事，並懷恨著，這次我就不會陷下去。妳說，是誰害了誰呢？還是該怪我自己人太好，忘了要記仇？」

「我猜，他是在意妳到不知該怎麼對待妳吧，或許太謹愼，或許慢郎中，卻總是抓不到妳生命的節奏……你們，只是不斷地錯過彼此吧。」杜紀說。

吳式娟沉默了一下，幽幽地說：「也許事實是如此吧……可是對我而言，他就是一次又一次地逃了。所以，能怪我這樣對待『仰慕者』嗎？我不是沒爲這件事付出代價，我甚至中了他老婆的計，又愛上另一個不該愛的人，」吳式娟忍不住又嘆了口氣，「總之，在我的心中，我和妳姊是扯平了……」

10·情人眼

「我不懂的是，那場意外當天，爲什麼妳會在我姊房裡喝咖啡？誰邀妳進去的？」

吳式娟果然立刻起疑，「妳問這個問題的目的是？妳又怎麼知道這種小事的？」

「喔，我當晚就去收拾我姊的遺物了，在她房裡看到空咖啡杯，上面的口紅是妳的顏色。」杜紀賭鄭皓平那傢伙不會和吳式娟聊到那麼多細節，而親人去收拾親人的遺物，合情合理，吳式娟應當能接受這種說法。「我並不是懷疑妳什麼，純粹只是好奇，如果妳和我姊夫已經漸行漸遠了，那爲什麼會去到他房裡……」

「我是不記得這些事都發生在同一天啦，不過我去他房間喝咖啡也就這一百零一次，如果妳說同一天，那就同一天嘍。」吳式娟說，「那天下午一點多，我本來和志豪開車去附近散心，沒想到皓平也開車追了過來，他居然幼稚到和我們在公路上追逐！妳能想像那有多恐怖嗎？」

吳式娟心有餘悸地喘了口氣繼續說，「我整個玩興都被他打消了！匆匆回到飯店，我決定要和皓平好好談一談，事情不能再那樣下去了，所以我去他房裡聊，反正這是分手，就算妳姊姊回房不小心撞見，我也不在乎，我反正是要把她老公還給她，大家一起說清楚也好。我當時的考量只是，別讓志豪看到就好，所以我才會選擇去皓平房裡聊。

「可是那天，我和皓平談得很累，感覺自己無論怎麼說，他都聽不進去我的話，所以就要皓平去幫我買杯咖啡提神，我不知道自己那天怎麼會累成那樣，後來居然在他們房裡睡著了，一覺醒來已經晚上快八點！不過我們眞的沒做什麼，如果這是妳想知道的點的話。」

「妳說妳發現了趙志豪是我姊派來的，妳是怎麼知道這件事的？」杜紀問。

「我是不喜歡妳姊，可是她的過世著實也嚇到了我……趙志豪在安慰我時，不小心提起了溫右青的全名，」吳式娟淡然地說，「我一直沒預計他會認識溫右青，在我心中，這是兩個完全無關的人，可是一旦我發現他居然說得出『溫右青』三個字時，就逼著他把實情說了，當然他找了很多種藉口編故事解釋，可是我已經不相信了，他眼看大勢已去，就只好承認他會和我認識，都是溫右青暗中安排的，雖然他也一再強調，愛上我是眞的，只是我已經無法信任他了……」

杜紀很佩服吳式娟的銳利。她回想起自己在醫院第一次見到趙志豪，他問起她「溫小姐」的狀況時，她當時雖有警覺卻不敢肯定，只以爲同樣是受害者親友，自然會知道其他受害者，可是事實上並不，那段時間的短暫，應該還無法讓一個人知道另一個受害者的身分，即使他們是同一家飯店的房客。

是趙志豪後來透露，在意外發生前，他和溫小姐曾稍微聊了一下，還買咖啡請她喝——這才使杜紀肯定兩人應該早就認識。身爲趙志豪的戀人的吳式娟，心思不愧是比一般人敏感縝密，她馬上就能決斷杜紀第一時間沒能肯定的線索。

溫右青並不是那種容易和人交朋友的社交型，溫右青接受別人的一杯咖啡，絕對可以解讀成對方是她認識的人，可是光憑趙志豪知道她的名字，連杜紀都不會立刻做出熟人判定。

「請原諒我打探此事，我聽說，妳曾經懷過我姊夫的孩子，但不幸流掉了？這是不是妳所謂的『付出了代價』？」

吳式娟先是一愣，接著雙眼失焦，「那是兩三個月前的事了，我一直在努力遺忘……當時我只懷孕八週，以我這種高齡產婦來說，我也知道留不住孩子的機率是很高的，所以過程中我一直很小心，怎知還是……」

「妳身體，沒什麼後遺症吧？」杜紀問。

「現在都正常了，只是心空了……」吳式娟雲淡風清地說。

「妳……妳在溫泉會館的期間，身體都沒因小產而出現不適？」杜紀懷疑地問。

「我小產都兩三個月了，即使還在溫泉會館時，事情也已過去近兩個月了，哪還會有事？剛出事的那個月確實狀況很多，不過除了我的心，身體卻是早都好了……」吳式娟說。

「妳確定？在會館的第一天妳沒因爲出狀況，和鄭皓平去看婦產科？」杜紀謹愼地追問。

「我不懂妳在暗示什麼？」吳式娟看起來很迷惘又有些生氣，「妳是聽了什麼謠言嗎？我老早在去溫泉會館前，就決定要和妳姊夫分手了，就算是當著妳姊的面，我也會這樣告訴她，只可惜，我還來不及說，她就……」

這是怎麼回事？亞亞在搞什麼鬼？

鄭皓平又在搞什麼鬼？

杜紀忍不住整個懷疑了起來。這群人，包括亞亞，難道早就都認識了彼此？

◎　◎

杜紀感覺很挫敗，她坐在嚴的客廳裡，大嗑夜市買來的一堆垃圾食物。

反正不知多久才會再見到嚴，暫時失心瘋地痛吃應該不會怎樣吧？她需要好好地把這整件事再想一想，她需要找回清澈的心和腦——在她再次行動之前。

從吳式娟大方去泡溫泉的舉止，可以證實亞亞說謊——亞亞就算不是說謊，而是如同吳式娟後來所言，她小產當天，確實在路上遇上一名好心的小姐幫她打電話給鄭皓平。亞亞如果眞幫助過吳式娟，那時間和地點也絕對不是在溫泉會館期間。而且杜紀也已經利用一些門道，在附近各醫院查過了，亞亞所聲稱的日期前後，吳式娟確實沒有看過婦產科的紀錄。

亞亞爲什麼要說謊？看來她早就知道吳式娟和鄭皓平的事。爲什麼？自然是因爲溫右青和尼歐的關係，使她老早就執意要把小青的事徹底搞明白。

杜紀忍不住回想起她被亞亞呼巴掌那天，亞亞絕不是在路上碰巧撞見她和尼歐相約的，她是跟蹤尼歐而來，她說不定還以爲杜紀是小青？——從眾人一致的誤會來看，也不是沒這可能。

杜紀猛然從沙發上將自己拔起，衝到窗邊去四處張望。亞亞或她家的車，當然沒在樓下。杜紀笑了一下，懷疑自己快瘋了。她難道以爲亞亞會守在樓下、伺機對她不利？亞亞已經見過嚴，也應該知道自己和尼歐確實沒什麼，亞亞就算要監視人，也應該是守在尼歐家而不是她的。

有功在黨國的家族，她若想知道小青相關人等的事，應該不會有多難，就算是雇用私家偵探去查，她也負擔得起。她知道多少小青的事？她老公和人搞外遇，甚至還包括小三流產？

她可能早就知道小青和尼歐從前是一對，雖然尼歐不會對她坦白現狀——是因爲這樣她才來纏問杜紀的嗎？一個男人的內心狀態，是任何跟監或偵探也查不出來的，亞亞若想知道，除非問尼歐本人，或他身旁的好友，或，溫右青。

亞亞有可能殺了小青嗎？憑著她所探知的，都還沒撥雲見日的這一切線索？

鄭皓平呢？他的嫌疑始終不能稍減，杜紀知道他確實愛著吳式娟。鄭皓平並不是一次又一次從吳式娟身邊逃開，而是他不知道該怎麼實際去愛一個他內心愛了一輩子的神……他與其說是逃，不如說，他謹慎地花了很多時間去思考下一步，該怎麼做，他的女神才會永遠在他身邊……

他是個很笨拙於愛情的有心人——不管他實際處世有多聰明。

他對小青有多少感情？就算沒有多少愛情，至少也有幾分親情吧？他真的忍心用小青的死，來當作他愛情和事業問題的解答？

趙志豪沒有嫌疑了嗎？

還是，小青真的只是遇上一場不幸的意外？

甚至她確實是主謀，沒殺到人卻賠上自己的命？

「唉呀！我這個感情國中生，怎麼有辦法理解這種碩士班的難題！」杜紀啃了一口炸雞大叫著。

眞希望嚴在她身邊幫忙。嚴的情感經驗應該很豐富吧？才小一就知道暗戀了。

「不要想不要想不要想～」杜紀挖了一大口冰淇淋送到自

己嘴裡，冷卻掉又快要燒起來的嫉妒心。

尼歐也不知道現在怎樣了？她想，再也見不到最愛的人了，那傢伙還挺得過去嗎？

那傢伙，還活著嗎？

11・惡魔

「你看起來過得不錯？」杜紀問。她不敢相信她眼前的男人竟然如此「有神」。

「希望妳不要誤會，」鄭皓平說，「我不是一個會沉浸在傷痛中的人，我對妳姊的事很難過，但人生總是要繼續下去……」

杜紀把目光移向一旁的吳式娟，她則刻意避開杜紀的視線。

「你們終究還是在一起了？」杜紀覺得自己眞像一個興師

問罪的小姨子，然而，她和吳式娟談話也不過是上星期的事，吳式娟這麼快就又重回鄭皓平的懷抱？她不能說不訝異。

「皓平和我……解決了一些誤會，我也想過了，人死不能復生，雖然對妳姊很抱歉，可是我自己也一樣是在鬼門關前走了一趟，我不想再浪費生命。」吳式娟終究還是面對了杜紀的質疑。

杜紀今天本來是想再來和「姊夫」談一下的，卻不料碰巧撞見吳式娟也在他家。

「我能和姊夫私下聊一下嗎？」杜紀望著鄭皓平。

「好吧，我想有些事也該對小青的家人交代一下，我們去書房談吧。」鄭皓平說，「小娟，妳等一下沒關係吧？讓我和她把話說清楚。」

吳式娟點點頭，拿出一本書坐回客廳沙發。

「我和妳姊姊，其實早就貌合神離了。」鄭皓平一到書房就開口說，「她一直希望趕快生孩子，她認為小孩將會是我們婚姻的救星……

「可是她卻一直無法成功受孕。我有錯，我不但出軌了，還讓式娟懷了孕，小青知道之後，很難接受……」鄭皓平痛苦地說，「我當然不怪她，全是我的錯，是我沒早點和小青說清楚，讓她誤以為，有了孩子就能挽救我們的婚姻。」

杜紀實在不知該說什麼，小青眞有這麼愛鄭皓平，愛到不願放手？小青眞的對尼歐沒有一絲考慮？

「人死無對證，我怎麼知道姊夫說的是實話？我怎麼知道你沒有同時周旋在兩個女人之間，為了自己的好處，欺騙我姊姊的感情？」杜紀還是勉強地提問，她猜想，鄭皓平應該不知道小青和尼歐的事。

「我和式娟是舊識，這點我從沒瞞過妳姊姊，當然，在我對式娟舊情重燃的一開始，我並沒有立刻告訴小青，但在小青發現了之後，我不但坦承一切，請她原諒，我甚至立刻就提出離婚，我知道我對不起她，但我並沒有想繼續欺騙或利用她的意圖……」

鄭皓平秀出一份被撕成兩半的離婚協議書，「也許這對妳來說，算不上什麼證據，畢竟小青始終拒絕簽名……」

杜紀看了看，協議書上確實是今年初的日期，不過這眞的說不上是什麼證據，別說簽名了，連小青是否看過，都無法證明。

「如果我姊是意外身亡，或許我也不會在意究竟你有沒有說謊。問題是，我越來越懷疑我姊是他殺的……」杜紀決定試試鄭皓平的反應。

鄭皓平愣了一會，「他殺？怎麼可能！她死在公共浴池，而且現場不只她一個人，連式娟都在！……就算妳懷疑我是用了什麼方式除掉妳姊，我也不可能連式娟的命也不顧吧？」

「要是你和吳式娟聯手合作呢？你用了某種方式，確保吳式娟會活著？」杜紀依然不放棄攻勢。

「妳要怎麼懷疑我都行，但式娟和這件事一點關係都沒有。」鄭皓平說，「我不怕坦白告訴妳，我不可能讓式娟去冒這種險！如果我眞有什麼計謀的話！」

看來鄭皓平確實對吳式娟情深義重。「吳式娟如此重要，不能冒險，那你怎麼會對她下安眠藥？」杜紀忍不住質疑。

「妳怎麼會知……妳是……」鄭皓平瞪大了雙眼。

「若要人不知，除非己莫爲。你就當作是我姊託夢告訴我的吧……」杜紀說。

「很好，若妳姊有託夢，妳就會知道我所言不假。順便一提，妳姊有沒有告訴妳，她對於殺了我的孩子感到抱歉？」鄭皓平幾乎是發怒地說。

「我姊殺了你的孩子？？」杜紀也驚問。

「是我和式娟的孩子。式娟不是意外流產的，雖然她到現在還以爲是她自己不小心，不過，醫生說式娟吃了墮胎藥，已經導致再也無法懷孕的後果了，我知道式娟不可能自己去吃墮胎藥，更不可能不顧一切讓自己受傷到無法懷孕的地步，她是要孩子的，她和我一樣期盼著自己的下一代，即使我們最終不能在一起。

「一定是有人用某種方式偷偷對她下藥，而那個人，除了妳姊還會有誰？我很抱歉，妳姊可能不是妳心中的好姊姊形象，我很抱歉我得對妳說這些……」鄭皓平痛苦地呻吟。

杜紀也幾乎要發狂了，怎麼越是想要澄清尼歐的女神形象，結果卻離這目標越來越遠？難道溫右青的心中眞的住著惡魔？難道尼歐要她別再查，竟然是最正確的選擇？

杜紀雖不能肯定鄭皓平或吳式娟沒有殺人，事實上，爲兒報仇更可能加深了他們殺害小青的動機，可是杜紀不認爲鄭皓平或吳式娟，可以爲了某種計謀去犧牲掉自己的孩子。

「可以告訴我，你爲什麼會對吳式娟下安眠藥嗎？」杜紀問。

「一方面，我也想實驗，對式娟下藥是否眞有那麼容易，另一方面，我不要式娟和我提分手，我並不想和她談這件事，就算她愛上了別人，我也不希望她急著做出決定，所以我向飯店櫃台要了顆安眠藥，攙入咖啡裡，只是不想聽她輕易說出要離開我……我很清楚她想對我說什麼，但我不要聽……我還沒打算放棄，我只需要時間處理我和妳姊的問題，我感覺小青內心的狀態很瘋狂，倘若貿然離婚，我不知道她會怎樣傷害式娟……」鄭皓平把頭埋進自己的雙手裡，嘆氣。

◎　◎

另一方面，尼歐的狀態眞的很慘。

他消瘦許多，滿臉鬍碴，坦白說，他現在的模樣是杜紀的天菜，不過，杜紀已經很滿足自己擁有了嚴。

「小青的網路日記都在此了。」尼歐讓出自己的電腦座給杜紀。

尼歐也不問杜紀查到什麼，他坐到一旁的沙發椅上繼續啜著紅酒，杜紀注意到，那是小青出生的年份產的紅酒。

尼歐的邊桌上到處都是不同酒廠出的紅酒的空瓶，但每一瓶都是同一個年份。

杜紀一篇又一篇地讀著小青的日記，在今年一月底，小青在日記中確實引用了會館溫泉出人命的一則舊新聞，確實擬訂了一個殺人計劃，雖然杜紀還是不敢肯定這是小青寫的，不過，如果其他日記都是小青寫的，小青沒理由疏忽掉一篇不是自己的日記，卻出現在自己的部落格上。

計劃很簡單，就是先移除警告牌，然後在女湯即將關閉之前，把目標人物約去泡溫泉，甚至不用刻意安排專人去窗邊徊嚇人，因爲文章上頭連飯店人員除釘的時間也都標明了。寫稿人甚至說，自己要不要現身都可以。

杜紀猜想，這個寫稿人可能事前有實際去勘查過這個溫泉會館。

至於部落格上的其他篇日記，尤其後期的，完全很難否認作者是小青。小青和尼歐的事，除了他們倆，誰都很難僞造出這些心情點滴吧？

杜紀懷疑是否能在這些日記中，找到小青計劃加害吳式娟胎兒的蹤跡？

她依照日子推估出一個大約日期，可惜，那段時間中，小青只有一篇得知吳式娟懷孕時的憤怒，之後中斷了一陣子沒寫日記，再後來也都沒再提起這件事。倒是趙志豪的事她確實提起了。

杜紀越來越感到失落，溫右青的確如鄭皓平所言，情緒相當不穩定。連她愛不愛尼歐，感覺也是變來變去的，彷彿她在情感與心中理想的男女關係之間，不斷搖擺掙扎。

她渴望一個安全的環境更勝於選擇愛情。杜紀覺得。鄭皓平是那個能給她這種環境的人，即使他後來變了，但尼歐卻似乎從來不是個能給她那種環境的人……

杜紀不住地暗自嘆氣。

「你多久沒好好吃飯了？」杜紀看著除了空酒瓶之外，沒有食物垃圾的尼歐家問。

尼歐沒回答，繼續喝著他的酒。

「起來，我們去吃飯！」杜紀命令。

見尼歐不為所動，杜紀只好接著說，「聽著，我不可能去買飯來餵你吃，所以如果你不和我去吃飯，我就只好叫亞亞來餵你了！」

「拜託妳不要，我和妳出去就是了，別叫她來。」尼歐說，「我早該和亞亞了斷清楚了，不過我現在實在沒心情見她。」

杜紀沒料到逼尼歐去吃飯會這麼容易，她本來預計可能得犧牲自己，弄碗泡麵給他吃。

尼歐好像有點變了，變得不再那麼油腔滑調了？是錯覺嗎？杜紀想著。

杜紀有點害怕亞亞就在附近，所以她既不要熱炒店，也不要廚房就在外面的麵店，免得被亞亞拿熱油潑，這個亞亞還是很難預測。

所以他們去了一家咖啡簡餐店。

餐飲上來之後，尼歐有好好地吃飯，雖然他話少了很多。

「妳不打算吃那顆滷蛋嗎？那給我吃了喔，我現在才發現我這麼餓！」尼歐沒等杜紀回答，就自己把杜紀盤裡的蛋叉去吃了。

「十元，謝謝。」杜紀說。

尼歐噗嗤笑出來，「妳死愛錢的德性大概永遠不會變。」

「本姑娘沒翻桌就已經很大量了好不好?我最愛吃蛋了，原本要留在最後享受，你竟然叉子一叉就拿去配了，實在是讓我心碎啊!」杜紀說。

「像這樣碎嗎?」尼歐張開嘴露出他嚼碎了的蛋說，「好吧，那還給妳。」

「呃不了。我反正這兩天急性癡肥，大概你本該進食的分量我都幫你吃了。」

「難怪我不覺得餓。這樣也很好。」

「才不好!瘦了你胖了我，哪裡好?我可經不起被嚴看到我的母豬樣!」

「那個小夥子被妳迷得團團轉，放心吧，他不會嫌妳多長五斤肉的，我是男人我知道。」

但杜紀覺得自己是因爲長得像小青，所以才會得尼歐偏心向她，事實上她對自己的競爭力一點也沒把握。尤其她現在還發現自己是個大眾臉。

「其實我的眼光還眞差，居然老是選到天使臉孔、惡魔心腸的女人……」尼歐苦笑。

「你是指？……」杜紀的心沉重了起來。她實在不願尼歐這樣想他的女神。

12・時差

「我是說亞亞，妳難道以為我指的是小青嗎？」尼歐說。

「喔亞亞……她做了什麼事？」杜紀問。

「她趁我不注意時，偷看過小青的日記。當然是我的錯，我不該把小青的日記都備份存成文件檔！讓她那麼輕易就能自己偷點開來看……」

「所以亞亞知道你和小青的事了？她什麼時候知道的？」

「我備份小青的日記沒多久，可能就被她看過了！我眞後悔當初沒將檔案設個密碼！」

「你是什麼時後備份小青的日記的？」

「從我駭入鄭皓平和吳式娟的 facebook 之後，我就順便也駭入小青的部落格，不過，我並沒有讀她那些加密的文章，我只是趁她還沒改別的密碼前，把所有的文章做了備份，以防日後她若改密碼，我得花更多心力駭進來……我是在小青出事後，才開始讀她那些加密的文章。」尼歐帶點心虛地說，雖然他所言俱實。

「所以亞亞可能早就知道你和小青的一切……」杜紀仍舊失望地說，如果是更早，亞亞的嫌疑應該就會更大了。甚至如果亞亞從尼歐這裡直接偷得了小青部落格的密碼，說不定她還能以小青的身分，偷偷上傳不是小青寫的文章……

杜紀搖搖頭，什麼時候她居然會失智到這種程度？竟然暗暗編造著這種不可能的情節！溫右青那麼早以前就寫下了殺人的計劃，甚至遠比她和尼歐在臉書上重逢的時間早許多，再怎樣，也不可能是亞亞上去冒名亂搞的，就算亞亞眞的知道小青的密碼，她能亂搞的，頂多也只是後面的新文章，不會是前面的舊文。

這就是杜紀很難將亞亞視爲疑兇的原因。

是的，亞亞是個爲愛瘋狂的女孩，也很有追根究柢的毅力，可是在時間點上，她無論如何就是很難搭得上。她並沒有在那麼早以前就知道溫右青的存在。就算她早在去溫泉會館以前就知道溫右青和鄭皓平等人的恩怨，可那時間點，都依然是在溫右青再次出現在尼歐的生命中之後。當時的殺人計劃早就被寫出好幾個月了。

杜紀不是駭客，但她也知道要在部落格上發新文章卻要用個早已過去的日期，是不太可能的事，若要改動其中一篇文章的日期，其他文章的日期也會一併更著變動，那不是亞亞或任何人有辦法做出來的事。

就時間點來說，以鄭皓平和吳式娟最有嫌疑；就殺人動機而言，也還是鄭皓平和吳式娟最有嫌疑。尤其若是小青眞的殺了他們倆的孩子的話，那簡直就是層層疊疊的恩恩怨怨。

事到如今，要證明溫右青是全然的清白，幾乎已經是不可能的事了……

杜紀已經不想再追查這個案子了。不如就讓尼歐這麼不確定吧，他本人也早就想這麼做了，不是嗎？

「妳別那麼苦苦地想著我啊，我人就坐在妳對面喔。」尼歐說。

「你果然吃了飯後體力有增強，連心力都漸漸開了。」杜紀白了他一眼。

「妳查到什麼了嗎？關於小青的案子……」

「沒有。完全沒有進展，一切可能是我多疑了，小青的死只是個意外……」杜紀說謊。

「那咖啡杯？」尼歐問。

「沒事，上面的DNA也不是小青的。」杜紀再加半個謊。見尼歐不語陷入沉思，杜紀也說：「別想我啊，我就坐在你對面。」

尼歐帶著悲傷地微笑。

「我很想妳，從妳離開後的每一分、每一秒，我都沒有停止想妳……」尼歐看著「小青」說。

杜紀伸手過去捏捏尼歐的手背。

「中遙……好好照顧你自己，好嗎？」「小青」乞求。

◎　◎

「嗨，明天的妳！」

「明天的我？我是……變老了嗎？」杜紀摸摸自己的臉，驚恐萬狀地問。

嚴在鏡頭裡笑出來。

「我這裡的時間還是星期二，但妳所在的時間已經星期三了，所以我不是在和明天的妳交談嗎？」

杜紀鬆了一大口氣，嚴原來是指時差！真的嚇得她的腦液化了一半。

「妳連驚慌的樣子都是世界級奪目。」嚴透過視訊發出讚嘆。

「『昨天的你』所說的話，恐怕沒一句新鮮的！應該都過期了喔。」杜紀嬌嗔。那是只有男朋友才見得到的噁心。

「妳這聰明的小鬼……」嚴卻很享受這種一點也不優質的獨家權利。愛情果然是化腐朽爲神奇的。

不過腦袋半殘的杜紀也突然靈光一閃，彷彿被雷打到。

「嚴，再多和我說說時差的話題，我覺得我好像想起什麼了，可是我還抓不到……」杜紀雙眼迷離地說。

「呃，我……」嚴也知道杜紀應該是想起了她正在辦的案件，可是忙於自己的論文的他，對此案的細節並不清楚，他實在不知道自己還能提供什麼靈感。

「好吧，小紀，我要說的或許不能解決妳什麼問題，不過我還是想問妳一件事，妳小時候是不是曾經住在天母國小附近？」

「咦，你怎麼會知道？我不記得有告訴過誰，畢竟那只是很短的一段時間，而且我還是國小六年級才轉學過去的！我以爲你已經夠忙了，難道還有時間去挖掘我的過去？」杜紀沒有不悅，只是訝異。

「那，這樣東西，對妳來說有任何意義嗎？」嚴拿出一個小東西對著鏡頭。

杜紀先是瞇眼看，然後緩緩地，雙眼漸漸全開，她不敢相信自己看到的東西。

那難吃到讓人笑出來的巧克力！居然會出現在杜紀的螢幕上。

「你……？」杜紀幾乎驚呆，「你……」

「我從小就暗戀妳了。」嚴看著鏡頭上杜紀的反應，笑著說。

「哈囉，我的仙女，眞是好久不見……」

杜紀足足呆滯了將近一刻鐘，才漸漸又回魂。

嚴一直在鏡頭那端笑著。

「呃……我現在開始覺得，當人家的女神也不錯……」杜紀沒志氣地說。

「還有，我想我開始喜歡那個巧克力了。」她又補了一句。

13・送花人

不。太苦了。

杜紀吃著嚴國際快遞回來的巧克力，還是覺得天啊！怎麼能這麼難吃！她以爲經過時光的洗禮，經過愛情的加溫蜜化，這巧克力的滋味將會有所不同，不過事實證明，並沒不同。

相同的只是，她還是會被這巧克力的難吃度弄到笑出來。

兒童時代的嚴，果然狡詐，這一整盒有著各式各樣口味的巧克力，任何一種都很好吃，唯獨這黑巧克力口味實在難以入口。而嚴給她的，居然就是這最難吃的一款。

「這就是他孝敬給女神的供品啊？」杜紀自言自語，「真是太不像話了！」

「杜小姐，麻煩簽收……」

杜紀喜孜孜地往門口望去，嚴又送花來了，她知道這次並不是嚴又跑回來了，聲音也不一樣。

不過當她看到送貨員時，還是吃了一大驚。

「你這是……怎麼回事？」杜紀忍不住笑出來，「是誰要你這樣做的啊？」

送貨員指著自己身上掛著的「嚴禁餵食」的牌子上的「嚴」字。

「妳那位喪心病狂的男友，要我們以後送花來都得掛上此牌。」送貨員不甚喜悅地說，「喔還有，我們也不能在這裡逗留太久，妳還是趕快簽收吧。」

杜紀趕緊接過單子來畫押，忍不住覺得嚴也太小心眼了些。

「喔，他還特別交代要我向妳傳達強調，送花給妳的人是他，不是我。」送貨員苦笑了一下，「那麼神勇，就自己來搬啊……」緊跟著一陣碎碎念。

「不管怎樣，謝謝你啦。」杜紀雖然給他一個無奈的神情，內心卻是甜蜜蜜的。

杜紀一邊把花分批安置於各個瓶中，一邊想著嚴，回味著他說過的一字一句，卻也不免想起小青的案子。

昨晚嚴的時差話題，曾有一瞬間讓杜紀覺得自己的腦袋裡，似乎射進了一道光，不過它卻稍縱即逝。後來他們就開始回到過去，重溫兒時的一段可愛時光，照理說，這仍是相關話題，不過它除了讓杜紀驚嘆於自己和嚴的緣分之外，也沒再多添任何靈感……

到今早，嚴禁餵食、送花給妳的人是我，不是他。唉！好像離那道光越來越遠了……

送花的是誰，重要嗎？誰會認爲是花店佛心免費大放送啊……杜紀才剛這樣想著，卻突然又和那道光接上軌了！

它來得又強又快，讓杜紀不小心把一個花瓶摔碎在地。

「嚴！你眞是我的靈感！即使是你一句毫不重要的話，都是！……」

女神笑了。在閃耀的光芒裡。

◎　◎

「我不懂姑姑妳在說什麼？妳的男朋友送花給妳？我知道

啊，妳這是向我放閃嗎？」亞亞不解地說。

「我從來沒想過，花不是嚴送的，就算它們每次都是由花店的工作人員送過來的——除了妳剛好碰到的，嚴回台親送的那一次。」杜紀說。

「所以咧？」亞亞不耐煩地應著，這女人到底還要炫耀多久?她想。

「我從來沒想過溫右青做的計劃，結果卻是由別人去執行。就像嚴送我的花，都是藉由別人之手送來的。」杜紀說。

亞亞瞬間臉色大變。

「我一直想證明溫右青不是寫下殺人計劃的人，我一直在找一個可能利用她的身分，上傳一篇其實並不出自她的手的殺人計劃書寫手，可是我方向錯了，溫右青確實在偏激的心態下，擬出了一個發洩情緒、其實也相當可行的殺人計劃，可是她並沒有眞正去實施，她沒那個膽……

「尼歐向我證實了妳看過溫右青的日記，妳看她日記的時間點，我原以爲是關鍵，但原來那並不很重要，妳只需要在知情後，接手她那沒膽執行的計劃，就可以了，哪怕那個計劃是遠久以前的。」杜紀一直注視著亞亞，她的表情，已經給了杜紀答案。

「而且妳將很難被人懷疑，因爲計劃是小青做的，事情也按本發生，就算有人懷疑這是謀殺，也只會懷疑計劃人小青，而不是其他任何人。」杜紀說。

「可是我又不是唯一一個看過妳姊的日記的人！」亞亞掙扎，「她老公、那個歐巴桑，都有可能看過她的日記啊……」

「可是除了尼歐之外，妳是唯一有密碼的人。」杜紀翻出自己手機中的一張照片，給亞亞看，「這是妳的筆跡吧？」

那是事發當日，杜紀所拍的每個人的隨身物照片中的一張，上頭亞亞的筆記本中的一頁，寫著一組完全吻合小青部落格的密碼。

「爲什麼!?亞亞！妳爲什麼要這樣做!?」在一旁沉默許久的尼歐，突然狂暴地重重一拳打在牆上。此時唯有肉體之疼，才能稍減他內心的痛，「殺人？妳還有沒有一點人性！」

「你怎麼可以問我爲什麼？寶貝……你怎麼可以！……」亞亞痛哭失聲，「她早就嫁人了！她早就放棄你了！可是我卻從來沒有打算放手！你怎麼可以這樣對待一個眞正愛著你的人!?你的人性又在哪裡！你就沒用你的行爲，一次次謀殺我的心嗎!?……」

「如果是這麼難受，妳可以選擇不要和我在一起！」尼歐怒吼回去。

「說得容易！那你為什麼就不能選擇祝福小青？不能選擇不要和她在一起？你以為你是在做選擇，可是那何嘗不是一種放棄？就像小青放棄了你，而你放棄了我，你們眞的有在做選擇嗎？還是只是不斷懦弱地放棄，然後告訴自己，那是『選擇』！可是那是哪門子的選擇……」亞亞也哭吼著，她的一張小臉，早就承接不完氾濫的淚水。

杜紀實在不忍再聽下去，亞亞固然不該用殺人的手段來排除情敵，可是尼歐處處留情的個性，也不是無可指責。

「你們不要再互砍、徒添新傷了，你們都早已傷痕累累了……」杜紀忍不住出言。

尼歐的屋裡於是靜了下來，詭譎地交織著亞亞和尼歐的哭聲，兩者雖不同調，卻意外地和諧。

許久之後，才終於再度出現了說話聲。

「寶貝，我知道我做錯了……雖然你也許會很不高興聽到我的所作所爲，但，我已經明白，小青對你來說才是最重要的……」亞亞委屈得泣不成聲，她多希望聽到寶貝的一聲否認。

「你的小青沒有殺過半個人……吳式娟肚子裡的孩子也是我殺的……」亞亞再次哭號起來，「我以爲……我原以爲……只要幫溫右青剷除小三，她老公就會回到她身邊，而她對我也不會再是個威脅……

「你的小青除了做出這個計劃之外，一切都是清白的……那天是我假裝在飯店一角巧遇她，熱情地把她從趙先生身邊拉走，纏著她陪我一起去泡湯的……我趁她回房去拿衣服時，在她還沒喝完的咖啡裡放了顆安眠藥……她出來和我會合後，就一口氣喝完剩下的咖啡，和我一起往湯屋走去……

「到了湯屋門口，我好心地說要幫她丟咖啡紙杯，要她先進去泡，之後我再進去時，她就已經在閉目養神了，我刻意和她保持一些距離，反正她也沒在注意周遭……」亞亞近乎抽搐地說，「我是因爲看到她給你的那些信，我慌了！我覺得她想要回到你身邊！可是我不要啊，寶貝！我不要失去你……

「雖然她最後一篇給你的信，似乎又變卦了，但我不想冒這個險，所以我在她發該文之後沒多久，就登入上去她的部落格上添加，那篇的最後一段是我加上去的，說打算執行計劃的人，是我，她並沒有寫過要執行計劃，沒有寫過要玉石俱焚……你的小青沒有殺人，寶貝你不用難過……」亞亞嗚咽地喊著，「寶貝你沒有愛錯……她……」

杜紀對亞亞這番話有些動容，是什麼樣的覺悟，讓亞亞決定坦承這一切來讓尼歐好過些？她可能眞的深愛著尼歐，只是方法全錯了……如果她的成人之美能早些到來，事情也不會演變成這樣。

亞亞是沒有那種腦筋去想出那樣的殺人計劃的，杜紀心想，如果不是溫右青早已寫出一份好計等在那裡。如果不是尼歐駭進了小青的部落格，卻又疏忽地讓亞亞有了機會去探知……

「……對不起，是我辜負了妳！我不該沒有打算負責就去招惹妳，是我在妳的心裡種下惡魔的！也是我自己害死小青的！我對不起妳們兩人……」尼歐肝腸寸斷地嘶吼，彷彿是隻受傷的野獸。

杜紀感到一陣鼻酸。

她再次想起了那個在自己女神面前將自己的缺點變本加厲、只怕女神認不清自己是誰的尼歐……可是那樣的機緣造就了他招惹亞亞的命運，也造就了他心愛女人的喪命……這是何等撕裂。

「寶貝，你不要這麼說，這一切都是我自己的選擇，誰叫我……沒本事讓你愛上我！……我對不起你，讓你……這麼痛苦……」

亞亞忍不住又哭了一陣子後，慢慢擦乾了眼淚。

「保重了，寶貝……」亞亞對尼歐伸出自己的手。

尼歐輕輕地握了她伸出來的手，「不要再愛上我這種壞男人了，我眞心希望妳，有一天能找到妳的幸福……」

亞亞看著尼歐，很久很久之後才點點頭，轉身離去。

聽說她離開尼歐家後，就直奔警局自首了，當然，她的家人也重金聘用了一位超級律師。

杜紀沒再追蹤後續消息。她並不想知道。

14·再見

「是誰說過的，最傷人的是：放不了手的人發現一切都變了，只有自己的愛沒變？」尼歐問。

事情落幕後又過了幾個月，現在已經是年底了。尼歐的生活漸漸回歸平靜，雖然這個傷太重了，他這輩子絕無可能忘記，可是他至少重回生活軌道了。

杜紀在寒風中抖得像片葉子。她眞後悔，幹嘛沒事打電話問候尼歐，以至於被邀來一起探望小青——她位於北海岸的靈骨塔。現在得陪公子在此被海風嗆。

「小青妹，我可不可以把妳姊的骨灰撒向大海？我實在不希望她再困在瓶子裡了……」尼歐抱著小青的骨灰問。

「拜託別叫我決定，我眞的不是她妹妹。」杜紀在內心翻了個白眼。

尼歐打開骨灰罐，開始把小青的骨灰一點一點地，慢慢往外撒，從罐子裡解脫出來的骨灰，也一陣一陣地乘風而去，直到什麼都不留。

「小青，我的女神，再見了……」尼歐低喃。

「再見了，中遙，謝謝你的愛。」杜紀說。

杜紀原本只是想開個小玩笑，讓尼歐早點結束這個告別儀式，也讓他們能早點踏上歸途，不料尼歐如夢似幻地轉過頭來，看著她。

「小青，妳究竟有沒有愛過我？我知道現在還問這個問題很傻，但我眞的很想知道……」尼歐看著杜紀問，彷彿眞把她當成小青了。

「深愛過的，中遙。可是請原諒我，我的身世讓我把對安全感的需求，總是放在愛情之前……」杜紀相信她沒說謊，小青的日記確實如此傳達。

尼歐笑中帶淚。他點點頭，「謝謝……」他說。也不知道是在謝溫右青還是杜紀。

「我可以再抱妳一下嗎？好好地說再見之後，重新開始我的新人生……」尼歐狀似還在夢中。

這怎麼可以！杜紀在心中慌亂成一片。還處在天菜型的尼歐，不可謂不動人啊！可是她不能、也不願對不起嚴！

「中遙，如果可以，忘了我吧……你早就開始你的新人生了，我們的一切早已在當年結束了，我要自在地走了，讓我們就此放下吧……」杜紀說完即刻轉身，她也知道此時該用飄的離去比較自然可信，可是現在已經不是講究這種細節的時候了，她毫不遲疑地拔腿狂奔而去。

心狂跳。她有多久沒跑步了？

但她的背後卻傳來尼歐的狂笑聲。

「喂，小笨蛋！妳不會想就這樣一路奔回台北吧？」尼歐抱著肚子笑彎了腰。

杜紀聞言停下腳來，憤怒地轉身回頭要找尼歐算帳。

「妳是要選擇被我抱著取暖，還是像這樣跑一小段暖暖身？我是看妳都凍僵了，才好心地提出建議的耶！」尼歐在杜紀抵達前就開始解釋，免得自己吃上一頓毒打。

「原來你早已恢復正常！」杜紀瞪他一眼，氣喘噓噓地說。

「這，要謝謝妳。」尼歐把自己的圍巾取下來，快速地包住杜紀。

「錢還是要算的喔！你可別以爲這樣就能抵什麼債……」

「知道了啦，囉唆……」尼歐接著把杜紀的凍手塞到自己溫暖的口袋裡，不過他並沒有把他的手也繼續留在裡面。

「走吧——」他抱起小青的空骨灰罐說。

「還有啊，你一回去立刻把鬍子給我刮了吧。」杜紀看著天空說。

「蛤？爲什麼？」尼歐搔著鬍子，不解地問。

「不爲什麼，就只是，本小姐不喜歡。」杜紀說。

國家圖書館出版品預行編目 (CIP) 資料

女神 / 張妙如著 . -- 初版 . -- 臺北市 :
大塊文化 , 2014.10
面 ;　公分 . -- (妒忌私家偵探社 ; 4)

ISBN 978-986-213-545-7(平裝)

857.81　　015745

妒忌私家偵探社

Miss Doe Detective Agency

since
2010

妒忌私家偵探社

Miss Doe Detective Agency

since
2010

妒忌私家偵探社

Miss Doe Detective Agency

since 2010

妒忌私家偵探社

Miss Doe Detective Agency

since

2010